Friedrich Gerstäder

Irrfahrten

Friedrich Gerstäder

Irrfahrten

ISBN/EAN: 9783742889942

Manufactured in Europe, USA, Canada, Australia, Japa

Cover: Foto ©Andreas Hilbeck / pixelio.de

Manufactured and distributed by brebook publishing software (www.brebook.com)

Friedrich Gerstäder

Irrfahrten

WHITNEY'S MODERN LANGUAGE BOOKS.

FRENCH.

A FRENCH GRAMMAR. With Exercises and Illustrative Sentences from French Authors. 12mo, 442 pp.

PRACTICAL FRENCH. Taken from the Author's larger Grammar, and Supplemented by Conversations and Idiomatic Phrases. 12mo, 304 pp.

BRIEF FRENCH GRAMMAR. 16mo, 177 pp.

GERMAN.

A COMPENDIOUS GERMAN GRAMMAR. 12mo, 303 pp.

BRIEF GERMAN GRAMMAR. 16mo, 143 pp.

GERMAN READER. 12mo, 523 pp.

GERMAN-ENGLISH DICTIONARY. 8vo, 900 pages.

GERMAN TEXTS Edited by Prof. W. D. WHITNEY.

    LESSING'S MINNA VON BARNHELM. Annotated by W. D. WHITNEY, Prof. in Yale College. 16mo, 138 pp.

    SCHILLER'S WILHELM TELL. Annotated by Prof. A. SACHTLEBEN, of Charleston, S. C. 16mo, 199 pp.

    GOETHE'S FAUST. Annotated by WM. COOK. 16mo, 229 pp.

    GOETHE'S IPHIGENIE A TAURIS. Annotated by Prof. FRANKLIN CARTER, Williams College. 16mo, 113 pp.

    SCHILLER'S MARIA STUART. Annotated by E. S. JOYNES, Prof. in University of South Carolina. 16mo, 222 pp.

    LESSING'S NATHAN DER WEISE. Annotated by H. C. G. BRANDT, Prof. in Hamilton College. 16mo, 158 pp.

WHITNEY-KLEMM GERMAN SERIES.

By WILLIAM D. WHITNEY and L. R. KLEMM.

GERMAN BY PRACTICE. 12mo, 305 pp.

ELEMENTARY GERMAN READER. 12mo, 237 pp.

HENRY HOLT & CO., PUBLISHERS, NEW YORK.

Irrfahrten

von

Friedrich Gerstäcker

EDITED, WITH NOTES, INTRODUCTION, AND EXERCISES
BASED ON THE TEXT

BY

MARIAN P. WHITNEY

*Teacher of Modern Languages
at the
Hillhouse High School, New Haven*

NEW YORK
HENRY HOLT AND COMPANY
1896

ROBERT DRUMMOND, ELECTROTYPER AND PRINTER, NEW YORK.

PREFACE.

This little story is offered to teachers who have felt the lack of lively and entertaining books in German for those pupils who have done some elementary reading, but who are not yet prepared to study and appreciate the greater masterpieces of German literature. This is by no means a classic, but it is an amusing modern story, and the interest of the action will be found to carry the pupil over hard constructions; while the fact that it takes place on German ground and among German people will teach him much of the customs of the country and the life of its inhabitants. In difficulty it is suited to the second year of school, or the first year of college, work; and it may be used with equal advantage for rapid reading or for more careful grammatical drill. It will also form an excellent basis for conversation in classes where that is made an object, its vocabulary being, to quite a remarkable degree, that of daily life; while for those intending to travel in Germany it will prove a most valuable preparation.

The notes are explanatory rather than critical, their object being only to make the text clear and comprehensible to the pupil. German customs and manners referred to in the book are explained, and all German derivatives which have been lately introduced to take the place of terms borrowed from other languages will be found in the notes. As experience has led the editor to believe that the chief difficulty in the way of the beginner in German translation is the length and the complicated structure of the sentence, full rules for the arrangement of the sentence have been appended (pages 135 to 143), each rule being illustrated by examples taken from the text. It is hoped that this will help to remove a stumbling-block from the path of the pupil.

The exercises accompanying this book embody the experience of the editor, who has found in her own work that only by close study and imitation of German models can a pupil be taught to write the language easily and idiomatically. These twelve exercises, which may be divided into twenty-four, are suited to those who have already mastered the simple forms of the language and the elementary rules of syntax. Though the sentences seem long and difficult, they may easily be written by any one who is familiar with the declensions and conjugations and the rules of arrangement, and who will study carefully the model text; and they will be found much more interesting and stimulating than the disconnected phrases generally used at this stage of study. Such exercises are supplied for French by Grandgent's excellent "Materials for French Composition," but have not hitherto been obtainable for German. A similar set, though of a more elementary nature, will soon be issued to accompany Whitney's Introductory German Reader.

M. P. W.

May 1896.

INTRODUCTION.

FRIEDRICH GERSTÄCKER, the author of this story, was born in 1816 at Hamburg, where his father, a well-known tenor, was at that time engaged at the opera. In 1825, on the death of the elder Gerstäcker, the boy was taken in charge by relations, first in Brunswick, then in Cassel, where he was apprenticed to a grocer. He managed, however, to escape from this uncongenial position and, after some time at the famous Nicolaischule in Leipsic, he devoted two years to a scientific study of agriculture, intending to become a farmer. But a passionate thirst for travel, inspired, he tells us, by an early reading of Robinson Crusoe, made a quiet country life distasteful to him, and in 1837 he came to America. Here he spent several years in wandering, generally on foot, through almost every part of the United States and Canada, supporting himself by every kind of work, from farm labor to hotel-keeping, and ending with a couple of years of a wild hunting and fishing life in Alabama. During these years he kept a journal of his adventures, and selections from this journal, published in the newspapers, were Gerstäcker's first literary venture. Their success was so great that, on his return to Germany in 1843, he published the whole journal, under the title „Streif= und Jagdzüge durch die Vereinigten Staaten von Nordamerika." This book met with an enthusiastic reception and he soon after published a novel, „die Regulatoren in Arkansas," which was no less successful. He now decided to devote himself entirely to writing, and a number of volumes of stories and sketches of life and adventure in North America, as well as translations of various English and American works, followed each other in quick succession.

In 1849 the imperial government and the great publishing house of Cotta united in sending Gerstäcker as newspaper correspondent, by way of Valparaiso and Rio de Janeiro, to California and the Sandwich Islands. There he joined a whaling fleet and visited the Society Islands, then went on to Sydney, and, after a year of wandering in Australia, returned to Europe in 1852, stopping at Java on the way. In 1860 he again went to South America for a year, this time with the object of visiting and reporting upon the German colonists in that part of the world. A year later he accompanied Duke Ernest of Saxe-Coburg-Gotha to Egypt and Abyssinia, and on his return settled down in Gotha, intending to make it his permanent home. But his love of travel seems to have been too strong for him, and in 1867 we again find him setting out for a trip to North America, Mexico, and Venezuela. When he came back to Germany he settled at Brunswick, where he was still busied in editing his „Gesammte Reisebeschreibungen," when he died in 1872.

Gerstäcker's complete works fill 44 volumes. They are for the most part descriptions of his travels and pictures of the life and manners of the peoples he has visited, and the scenes of his many novels and tales are laid in almost every country of the globe. He was no man of science, no profound student of human life and institutions; he was rather a keen, intelligent man of the world and his writings are lively and vivid, though sometimes superficial, pictures of what has come under his own observation. Their charm lies in the natural freshness of description, in the love of adventure and of nature which breathes from every page, and in the originality of the characters, most of whom were drawn from real life. His style is not highly polished, for he seldom retouched his work; he writes in simple, familiar language, as a man might tell his adventures to his friends. His books appeal to, and are intended for, the general reader, and to him they have been of great value and interest. They are still widely read in Germany, and translations of many of them have enjoyed much popularity in England, France, and America.

For further information about Gerstäcker and his life see: Friedrich Gerstäcker, der Weitgereiste ; ein Lebensbild, der deutschen Jugend vorgeführt, von A. Carl (Gera, 1873).

Irrfahrten.

Erstes Kapitel.

Der Entschluß.

Im Zimmer des Regierungsrats Wessel saß dessen Sohn, der etwa achtundzwanzigjährige Fritz Wessel, ruhig am Frühstückstisch, trank seinen Kaffee, rauchte seine Cigarre und las dabei die neben der Tasse liegende Zeitung.

Der Vater schritt indessen in tiefem Nachdenken in demselben Zimmer auf und ab. Er hatte, während er mit der Linken die lange Pfeife hielt, die rechte Hand auf den Rücken gelegt, und stieß, fast unbewußt, dichte blaue Dampfwolken wirbelnd aus. Auch sein Blick streifte zuweilen wie in schwerer Sorge den Sohn, obgleich dieser, in größter Gemütsruhe, nichts davon zu ahnen schien, daß das ernste, vielleicht sogar schmerzliche Grübeln des Vaters ihm oder seiner Zukunft gelten könne. Weshalb auch? Die Cigarre schmeckte ihm ausgezeichnet, der Kaffee ebenfalls — in der Zeitung stand nicht das Geringste, was ihn hätte aufregen oder betrüben können — er bekümmerte sich nicht einmal um Politik — was sonst also sollte eine Falte auf seine Stirn rufen?

Fritz Wessel war einer der beliebtesten Porträtmaler in der ganzen Stadt, und seine Arbeit, besonders in Kinderbildern, so gesucht, daß er jeden geforderten Preis bekam und dann noch nicht einmal alle ihm übertragene Arbeit bewältigen konnte. Außerdem galt sein Vater, — die Mutter hatte er

schon vor langen Jahren verloren — wenn nicht gerade für
reich, doch für sehr wohlhabend, und er als einziger Sohn
besaß in dem eigenen Hause ein prächtiges und bequem ein=
gerichtetes Atelier, in dem er ungestört schaffen konnte. Fritz
Wessel ließ denn auch die Zeit ruhig an sich kommen, und
da er sich selber niemals Sorge machte, dachte er natürlich
nicht daran, daß ein anderer das für ihn thun könne.

Der Regierungsrat mußte aber in der That Ähnliches
auf dem Herzen haben. Er blieb ein paar Mal stehen, nahm
die Pfeife aus dem Mund und sah seinen Sohn gerade so an,
als ob er etwas mit ihm zu besprechen wünsche; und doch
setzte er seinen Spaziergang immer wieder fort, bis er endlich
zu einem Entschluß gekommen schien, vor dem noch immer
ruhig fortlesenden Sohn stehen blieb und mit ernster Stimme
sagte:

„Hör' einmal, Fritz, das geht nicht länger! In der Sache
muß eine Änderung eintreten."

„In der Sache? in welcher Sache, Papa?" sagte Fritz
und sah erstaunt von seiner Zeitung zu ihm auf, ohne jedoch
seine Stellung im mindesten zu verändern.

„In welcher Sache? — und das fragst du auch noch?"
sagte der Vater, „du kannst dir doch sicher denken, von
was ich rede."

„Aber ich habe keine Ahnung, Papa," sagte Fritz wirklich
mit der unschuldigsten Miene von der Welt.

Der Vater sah ihn scharf und forschend an, endlich
schüttelte er mit dem Kopf und fuhr fort:

„Ich hätte nie im Leben geglaubt, daß du dich so ver=
stellen könntest. — du weißt doch, was diese Nacht vorgefallen
ist?"

„Diese Nacht? — keine Ahnung davon, Papa. Woher
soll ich das wissen?"

„Woher du das wissen sollst? Höre, Fritz, jetzt wird's
mir zu bunt und leugnen hilft dir auch nichts mehr, denn

es sind zu viele Zeugen gegen dich. Ich habe auch bis jetzt geschwiegen. Wie du neulich abends aus der Harmonie nach Hause kamst und den Nachtwächter geprügelt hattest, sagt' ich kein Wort; die Beweise waren nicht klar genug, um dich zu überführen, und du kannst dir wohl denken, daß mir, als ältestem Stadtrat, nichts daran lag, meinen eigenen Sohn wegen solcher — K i n d e r streiche öffentlich bloszgestellt zu sehen.

„Aber, Papa", lachte Fritz, „Nachtwächter lassen sich doch gewöhnlich nicht von K i n d e r n prügeln."

„Das ist recht; treibe auch noch deinen Spott mit mir!" rief der Vater ärgerlich; „aber ich sage es dir, ich habe es jetzt satt und der Sache muß ein Ende gemacht werden."

„Aber lieber, bester Vater!" rief Fritz, jetzt die Zeitung bei Seite schiebend, — „ich gebe dir mein Wort, daß ich keine Silbe von dem begreife, was du sagst, denn du kannst doch nicht etwa im Ernst glauben, daß ich mich damit beschäftige, abends Nachtwächter zu prügeln? Das ist jedenfalls ein Mißverständnis."

„Gut — ich will von jenem Fall absehen," sagte der Vater, „aber beantworte mir die e i n e Frage: Wer hat gestern Abend zwischen elf und zwölf Uhr die erleuchtete Glastafel an der Rathausuhr mit einer bleiernen Kugel eingeworfen?"

„Aber, bester Papa," lachte Fritz wieder, „woher soll i c h das wissen? Ich habe um ein Viertel auf elf schon in meinem Bett gelegen und in der Zeit wahrscheinlich sanft und süß geschlafen."

„Und du leugnest das auch?"

„Aber ich gebe dir mein Wort, daß ich dir die Wahrheit sage."

Der Vater sah ihn eine Weile ernst und forschend an, aber Fritz schaute wirklich so unschuldig drein, daß er selber zweifelhaft wurde. Er schüttelte mit dem Kopf.

„Aber zwei von den Nachtwächtern haben dich doch erfaßt und erkannt und es vielleicht deshalb gerade nicht ungern gesehen, daß du dich von ihnen losrissest und die Straße herab gerade auf unser Haus zuliefst, wohin sie dir nicht weiter folgten."

„Ich kann dir dann nur sagen, Papa," erwiderte Fritz, „daß ich wünsche, die Herren Nachtwächter hätten jenen Herrn festgehalten, dann könnten wir uns heute vielleicht überzeugen, daß wir es mit einem ganz andern Individuum zu thun haben, als mit mir. Ich versichere dir, ich weiß von der ganzen Geschichte nichts."

„Fritz!"

„Aber, Papa, ich kann nicht mehr thun, als dir mein Wort geben. Doch ich sehe schon, es ist die alte Geschichte — ich muß ein so verwünscht gewöhnliches Gesicht haben, daß ich einer Unzahl von Menschen ähnlich sehe; und alle Augenblicke werde ich auch mit anderen Namen und zwar von wildfremden Leuten angeredet, die sich anfangs ganz ungemein zu freuen scheinen, mir begegnet zu sein, und nachher ein sehr verblüfftes und oft auch ein sehr dummes Gesicht machen, wenn sie einsehen, daß sie sich geirrt. Glaubst du, daß ich je, wenn ich in einer fremden Stadt in ein Theater komme, eine Contremarke bekommen kann? Gott bewahre! der verwünschte Logenschließer sagt jedes Mal: „Ach, ich kenne Sie schon, Herr Müller, oder Herr Meier," oder nennt sonst einen alltäglichen Namen — „Sie brauchen keine." Außerdem grüßt mich auf der Straße alle Welt, und wie ich neulich in Berlin war, begegnet mir ein total fremder Mensch, kommt auf mich zu und sagt: „Ach, Herr Berghuber, ist mir doch sehr angenehm, Sie so zufällig zu treffen — konnte die ganze letzte Woche nicht das Vergnügen haben — wenn Sie vielleicht im stande wären, Ihre kleine Rechnung gefälligst zu berichtigen" — — Es ist rein zum Tollwerden; und ich habe schon daran gedacht, mir einen recht auffallenden Bart stehen zu lassen, um meinem Gesicht wenigstens etwas Bestimmtes zu geben."

Der Vater war indessen wieder in seinem Zimmer auf- und abgegangen. Er glaubte natürlich nicht, daß ihm sein Sohn auf eine Lüge hin sein Ehrenwort geben würde; und doch war auch das Zeugnis der beiden Nachtwächter so bestimmt daß er in der That nicht wußte, was er glauben sollte. Über das Endziel der ganzen Unterredung schien er aber schon mit sich im reinen und sagte deshalb plötzlich, indem er wieder neben dem Sohn stehen blieb:

"Und das geht doch nicht länger, Fritz. Ich habe es mir hin und her überlegt, aber ich sehe keinen anderen Ausweg: du mußt h e i r a t e n."

"Hm," lächelte Fritz, über die plötzliche Wendung allerdings erstaunt; "das ist wirklich eine sonderbare Schlußfolgerung, Papa. Also, weil ich in dem Verdacht stehe, einen Nachtwächter geprügelt und eine Uhrscheibe eingeschlagen zu haben, soll ich Knall und Fall heiraten? Aber w e n ? wenn ich fragen darf; denn aufrichtig gestanden, habe ich selber noch mit keiner Silbe daran gedacht."

"Das ist schlimm genug," sagte der Vater, "denn ein junger Mann in deinem Alter hätte doch wirklich Zeit gehabt, sich diesen wichtigsten aller Schritte im voraus etwas zu überlegen — und du weißt niemand?"

"Keine Seele, Papa," erwiderte Fritz, ihn offen und ehrlich ansehend, — "kein einziges Mädchen wenigstens, zu dem ich mich so hingezogen fühlte, daß ich mein ganzes künftiges Leben mit ihr verbringen möchte. Aber, lieber Gott, so eilig ist die Sache doch auch nicht und vielleicht findet sich ja etwas mit der Zeit. Aufrichtig gestanden, gefällt es mir freilich hier im alten Hause gut genug."

"Es geht nicht", sagte aber der Vater ganz entschieden, "es muß da eine Änderung eintreten. Du verdienst genug, um eine Frau zu ernähren und — wirst auch dann ein anderer Mensch."

„Ein anderer Mensch, Papa?"

„Ja, du wirst mehr aus dir herausgehen, mehr Energie entwickeln —"

„Aber, Papa, wenn du mir zutraust, daß ich Nachtwächter prügle —"

„Das habe ich eben nicht begriffen," sagte der Regierungsrat, „denn dein ganzes Leben neigt vielmehr zum Phlegma, zur Indolenz. Du läßt die Welt an dich kommen, und wenn dir Gott nicht das Talent gegeben hätte, von dir selber würdest du dir nie eine eigene Bahn gebrochen haben."

"Aber ich bin doch fleißig —"

„Du bist fleißig, weil dir die Arbeit eine Erholung scheint und du selber Freude daran findest. Du weißt aber noch gar nicht, wie es ist, wenn man sich selber etwas erringen, ja mit allen Kräften und mit hartnäckiger Ausdauer erzwingen muß."

„Und dazu soll mir eine Frau helfen?"

„Das will ich gerade nicht sagen," erwiderte der Regierungsrat, „aber du wirst doch mehr den Ernst und die Sorgen des Lebens kennen lernen und anfangen, auch an andere, nicht nur immer allein an dich, zu denken."

„Aber, bester Papa, wenn das der ganze Nutzen des Ehestandes ist —"

„Es braucht auch nicht gleich zu sein," fiel hier der Vater ein, „eine solche Sache darf nicht übereilt werden — du mußt dir selber ein Wesen suchen, zu dem dich dein Herz zieht, und zu dem Zweck wünschte ich, daß du erst eine Zeitlang auf Reisen gingst."

„Um mich hier los zu werden?"

„Nicht, um dich los zu werden, sondern nur, um dir andere Lebensanschauungen beizubringen. Außerdem gestehe ich dir ganz offen, wäre es mir selber lieb, dich eine Zeitlang abwesend zu wissen; denn hast du diese Jugendstreiche wirklich n i c h t verübt —"

Der Entschluß.

„Aber, Papa, ich habe dir mein Wort gegeben —"

„Ich sage ja nichts dagegen; ist also jemand hier in der Stadt, der dir ähnlich sieht und auf deinen Namen gesündigt hat, so wird es wieder vorfallen; und ich selber bin dann von dem Verdacht befreit, einen Störenfried der öffentlichen Ruhe erzogen zu haben. Schon meinetwegen bitte ich dich also, daß du auf einige Zeit verreisest — durch deine Arbeiten bist du doch gegenwärtig nicht mehr lange gebunden?"

„Doch noch einige Wochen — du weißt, daß ich erst neulich die Kindergruppe begonnen habe und jedenfalls beenden muß, ehe ich fort kann."

„Und wie lange kann das dauern?"

„Wenn ich fleißig bin, vielleicht drei Wochen. Nebenbei habe ich außerdem noch manches zu thun, — aber dann meinetwegen."

„Schön — wenn du mit deiner Kasse nicht in Ordnung bist, helfe ich dir aus."

„Sehr liebenswürdig, Papa — werde sicherlich nicht ermangeln, von deiner Güte Gebrauch zu machen."

„Und hast du schon eine Idee, wohin du dich wenden willst?"

„Bleibt sich das nicht gleich?"

„Man macht sich doch besser einen Plan —"

„Ich weiß es nicht — gerade ein solch behagliches, zielloses Umherstreifen denke ich mir am interessantesten, und es hat jedenfalls einen besonderen Reiz, wenn man am Morgen noch nicht weiß, in welcher Stadt Deutschlands man sein Abendbrod verzehren wird."

„Darin spricht sich wieder dein indolenter Charakter aus, Fritz," sagte der Vater, „und ich wünschte wirklich von ganzem Herzen, daß du endlich einmal anfingst, dir selbst bei weniger wichtigen Schritten deines Lebens einen festen und bestimmten Plan zu machen. Dein Charakter wird dadurch ebenfalls fester und bestimmter werden, und das ist nötig, denn du bist eigentlich schon in das Mannesalter eingetreten und von dem Mann kann man das verlangen."

„Also gut, Papa, dann werde ich an den Rhein gehen, den ich doch erst einmal und nur ziemlich flüchtig gesehen habe. Ich kann auch dort reizende Studien machen, denn meine Mappe nehme ich jedenfalls mit."

„Das wäre also abgemacht — verschaffe dir nur in der Zeit eine Paßkarte und sieh deine Wäsche nach. Ich will indessen selber das Nötige besorgen und dir auch noch einige Briefe mitgeben, die dir wenigstens in verschiedenen Häusern eine freundliche Aufnahme sichern. Man findet dadurch in einer fremden Stadt rasch einen Kreis von Bekannten, den man sich sonst erst langsam und mit vielem Zeitverlust erwerben muß."

„Sehr schön, Papa," sagte Fritz, indem er langsam an seiner Cigarre zog und nachdenkend in den Rauch sah.

„Vergiß nur die Paßkarte nicht —"

„Eigentlich wäre sie ganz unnötig."

„Es ist aber immer besser, sie bei sich zu haben, da man nie weiß, wie man sie gebrauchen kann. Selbst wenn du nur einen poste-restante-Brief abholen willst, erspart sie dir eine Menge Umstände — versäume es nicht!" — und damit ging er in sein Zimmer, um seine eigenen Arbeiten aufzunehmen.

Zweites Kapitel.

Vorbereitungen.

So vergingen die nächsten Wochen und der Zeitpunkt war endlich gekommen, wo Fritz seine sämmtlichen Arbeiten beendet hatte und die schon lange projektierte Reise antreten konnte. Sein Koffer stand sogar schon gepackt und nur das

Vorbereitungen. 11

eine, die Paßkarte, hatte er bis jetzt noch versäumt sich auszustellen zu lassen. Der Vater aber, in allen solchen Dingen sehr gewissenhaft, drang darauf und Fritz machte sich auf, um sie zu holen.

Unterwegs begegnete ihm ein Herr, der ihm vertraulich und freundlich zunickte, aber vorüberging, ohne ihn anzureden; und er zischte einen Fluch zwischen den Zähnen durch, denn er hatte den Menschen in seinem ganzen Leben noch nicht gesehen und war sich bewußt, nie ein bekanntes Gesicht wieder zu vergessen. Er war auch noch nicht zwanzig Schritte weiter gegangen, als ein junger, sehr elegant gekleideter Mann auf ihn zusprang, ihm die Hand entgegenstreckte und ausrief:

„Fritz, alter Junge, wie geht's?"

„Ich bin's gar nicht!" rief aber unser junger Freund, ärgerlich dazu mit dem Kopfe schüttelnd, — „Sie irren sich; Sie meinen jemand ganz anderen."

„Du bist's nicht?" rief der Fremde erstaunt aus; „aber diese Ähnlichkeit — das wäre ja gar nicht möglich. Bist du denn nicht Fritz Wessel, Sohn des Regierungsrats Wessel, und Maler?"

„Hm, ja," sagte Fritz erstaunt, indem er den Fremden näher betrachtete, — „das stimmt allerdings, aber —"

„Und kennst du denn mich nicht mehr, deinen Schulkameraden Claus Beldorf?"

„Claus, beim Himmel! mein guter, ehrlicher Claus — — aber wo kommst du her? Ich habe dich in dem starken Bart nicht wieder erkannt und in einem Menschenalter nicht gesehen!"

„Du siehst aber noch genau so aus wie früher!" lachte Claus, indem er seinen Arm in den des Freundes schob; — „das nämliche gutmütige, ehrliche Gesicht —"

„Ausdruckslos, wolltest du sagen!" bemerkte Fritz trocken.

„Fällt mir gar nicht ein!" lachte Claus. „Aber wie

geht's dir? "Was treibst du und wohin willst du jetzt gerade gehen?"

"Auf die Polizei, um mir eine Paßkarte zu holen."

"Du willst verreisen?"

"Ja."

"Wohin?"

"An den Rhein — mein Vater schickt mich auf die Wanderung; ich soll heiraten."

"Kostbar!" lachte Claus; "aber die Idee ist nicht übel, und einen besseren Platz als den Rhein hättest du dazu nicht wählen können. Ich sage dir, Mädchen gibt es da zum Anbeißen. Ich war eben zu demselben Zweck dort."

"Am Rhein? — um zu heiraten?" rief Fritz erstaunt; "und hast n i c h t gefunden, was du suchtest?"

"Doch, alter Freund, gewiß hab' ich, und bin nur hier nach Haßburg zurückgekommen, um meine Papiere zu beschaffen und mit meinem Alten Rücksprache, des Geldes wegen, zu nehmen."

"Und du kehrst dahin zurück?"

"In einigen Wochen — wenn du so lange warten könntest, machten wir nachher die Reise zusammen."

"Das wird unmöglich angehen, denn ich habe es mit meinem Vater schon fest besprochen und habe meinen besonderen Grund dafür, die Reise nicht aufzuschieben. Aber wohin gehst d u jetzt?"

"Ich begleite dich, bis du deinen Weg besorgt hast. Und wohin steuerst du vor allen Dingen am Rhein?"

Fritz zuckte mit den Achseln. — "Mein Vater will mir Briefe mitgeben, sonst weiß ich wahrhaftig selber noch gar nicht, wohin ich mich zuerst wende — jedenfalls aber an den unteren Rhein: Mainz, Koblenz, Bonn, Köln — es bleibt sich gleich."

"Dann werde i c h dir ein paar Zeilen an die Familie meiner Braut mitgeben, Fritz. Es sind z w e i Töchter im

Haus, und liebenswürdige, prächtige Leute, ja sogar mit
Deinem Vater bekannt, denn wie sie den Namen meines Ge=
burtsortes hörten, fragten sie mich gleich nach ihm, und ob
ich ihn kenne."

„Wie heißen sie?"

„Raspe — Doktor Raspe — ein allgemein geachteter
Name in der Stadt — jedes Kind kennt das Haus. Aber
eins beding ich mir aus, Fritz! — daß du nämlich bei
meiner Braut nicht den Liebenswürdigen spielst, denn ihr
Künstler habt von Mein und Dein manchmal ganz kuriose
Ansichten."

„Aber, lieber Freund" —

„Meine Braut," fuhr Claus fort, „heißt Rosa, um
jede Verwechselung zu vermeiden, und ist die älteste Tochter
des Doktors. Viola, ihre Schwester, mag etwa anderthalb
Jahre jünger sein — eine eben aufgeblühte Knospe, und
heiter und lebendig, wie für dich gemacht, da du dir das
frühere Phlegma vortrefflich conservirt zu haben scheinst."

„Hm," sagte Fritz, „Rosa — Viola — wenn ich die
Namen nur nicht verwechsele, denn ich bin nichts weniger als
ein Pflanzenkundiger und kann nie die einfachsten botanischen
Benennungen im Gedächtnis behalten."

„Alle Wetter!" rief sein Freund etwas bestürzt aus;
„dann werde ich dir doch lieber keinen Brief mitgeben,
denn — merkwürdigere Dinge sind schon vorgekommen, und
man soll den Teufel nicht an die Wand malen — ich kann
dich später persönlich in dem Hause einführen."

„Aber, bester Claus —"

„Jetzt hol' erst einmal deine Paßkarte; hier sind wir
an der Polizei; ich werde mir indessen dort drüben an der
Kunsthandlung die Kupferstiche und Photographieen besehen,
und bleib' nicht zu lange!"

Die Paßkarte war bald besorgt. Der Registrator hatte
schon eine Anzahl vom Bürgermeister unterschriebener Karten

in seinem Pult liegen; eine davon brauchte nur ausgefüllt und abgestempelt zu werden, dann fügte Fritz seine Unter=
schrift dazu, zahlte die üblichen fünf Silbergroschen und ver=
ließ mit seiner Karte das Bureau wieder. Auf der Treppe konnte er es sich aber doch nicht versagen, einen Blick auf die Rückseite zu werfen, auf welcher die Personalbeschreibung stand:

Alter: 28 Jahre.
Statur: gewöhnlich.
Haare: braun.

Statur gewöhnli.j. Er hätte die verwünschte Karte in tausend Stücke zerreißen können. War das etwa eine Personalbeschreibung: gewöhnliche Statur? — lächerlich! — das klang eher wie eine Beleidigung, und trotzdem hatte sie ihm der kleine, ausgetrocknete Aktenmensch mit der größten Höflichkeit überreicht und ihm sogar noch für die fünf Groschen eine Fünfundzwanzig=Thalernote gewechselt.

Unten, der Polizei gerade gegenüber, stand noch Claus Beldorf vor dem Bilderladen, und Fritz schob die Karte in die Tasche — was brauchte sein Freund zu wissen, daß er eine „gewöhnliche Statur" hatte. Fritz legte auch nun den Arm in den seines alten Schulkameraden und so schlenderten sie die Straße wieder hinab, als Fritz sagte:

„Hör' einmal, Claus, das klingt aber eigentlich nicht gut."

„Was klingt nicht gut?"

„Rosa Raspe — es schnarrt ein bißchen."

„Aber was zum Henker geht dich Rosa Raspe an?"

„Nun, wenn sie meine Schwägerin werden soll, muß sie mich doch etwas angehen."

„Aber eben weil ihr das vielleicht auch nicht gut klingt," lachte Claus, „will sie es gerade ändern, und Rosa Beldorf gefällt dir und wahrscheinlich auch ihr jedenfalls besser."

„Aber Viola Wessel klingt gar nicht," fuhr Fritz nach=
denklich fort. „Rosa Wessel dagegen würde harmonischer sein

Vorbereitungen.

—ebenso Viola Beldorf. Wie alt sind die beiden jungen Damen?"

„Fritz, ich will dir etwas sagen!" rief Claus, „die beiden jungen Damen werden die eine zwischen 17 und 18, die andere zwischen 19 und 20 sein; aber ob Viola oder Rosa Wessel gut klingt oder nicht, bleibt sich vollkommen gleich, und ich bitte dich ernstlich, keinen dummen Streich zu machen. Von mir erfährst du wenigstens nichts weiter über die Familie; und dann fällt mir ja auch ein, daß sie sich gegenwärtig gerade gar nicht in Mainz, sondern in einem der um Frankfurt liegenden Bäder befindet. Bis sie von da zurückkehrt, bin ich selber wieder an Ort und Stelle."

„Aller Wahrscheinlichkeit nach," sagte Fritz, „gehe ich zuerst direkt nach Köln hinunter und dann den Strom aufwärts, so daß ich überhaupt erst in etwa vier Wochen nach Mainz käme; vielleicht bist du dann auch dort."

„Gewiß, Fritz, und dann sollst du mir von Herzen willkommen sein," rief Claus, „schreibe mir nur jedenfalls poste restante nach Mainz, wann du eintriffst —"

„Hm," sagte Fritz, dem bei dem Wort poste restante die Paßkarte einfiel, — „hast du auch eine Paßkarte?"

„Ich habe sie allerdings, aber man braucht sie fast nie."

„Hättest du sie vielleicht zufällig bei dir?"

„Gewiß; ich trage sie unterwegs stets in der Brieftasche — da ist sie!"

Fritz betrachtete sie erst auf der Vorder-, dann auf der Rückseite. Die Personalbeschreibung lautete: Alter: 29 Jahre — Statur: schlank. — Statur schlank! Claus Beldorf war genau so gewachsen wie er selber und ihm schrieben sie hinein: Statur gewöhnlich und jenem s ch l a n k — es war zu albern. Aber er sagte kein Wort darüber und gab dem Freund nur die Karte zurück. Sie mußten sich auch hier trennen, denn Claus, erst heute zurückgekehrt, hatte noch vieles zu besorgen, während Fritz noch ein paar, wenn auch kurze Briefe schreiben mußte. Fritz versprach aber bestimmt, da ihn Claus versicherte, daß er spätestens in vierzehn Tagen wieder in Mainz sein würde, ihm dorthin einen Brief zu schicken und seine Ankunft anzuzeigen; und mit einem herzlichen Händedruck trennten sich die beiden jungen Leute, um jeder seinen eigenen Geschäften nachzugehen.

Der Regierungsrat war indessen auch nicht müßig gewesen; denn er hatte schon sämmtliche Einführungsbriefe geschrieben und kam Fritz damit, wie er nur das Zimmer betrat, entgegen.

„Hier, mein Junge," sagte er, „sind vier Briefe für dich — einer für Frankfurt an den Banquier Sölenkamp, wenn du etwa in Geldverlegenheit kommen solltest, dann einer nach Köln an meinen alten Freund, den Kanzleirat Bruno, der dich noch auf den Armen herumgetragen hat; — einer nach Koblenz an den Major von Buttenholt, einen Schulkameraden von mir, und einer nach Mainz an Doktor Raspe, an den du dich kaum noch erinnern wirst, denn es sind jetzt etwa zehn Jahre her, daß er uns hier zum letzten Male besuchte."

„An den Doktor Raspe?" rief Fritz erstaunt.

„Kannst du dich wirklich noch auf ihn besinnen?" fragte der Vater. „Er hatte damals ein Paar allerliebste kleine Mädchen mit hier, die jetzt aber auch müssen herangewachsen sein."

„Eine von ihnen ist Braut mit Claus Beldorf."

„In der That? aber woher weißt du das?"

„Ich traf Claus eben auf der Straße; er kam gerade von Mainz zurück, um hier seine Papiere in Ordnung zu bringen."

„Sieh einmal an! also der wilde Claus gedenkt sich auch häuslich niederzulassen. Na, nimm dir ein Beispiel, Fritz, denn es scheint mir doch, als ob er gescheit geworden wäre."

„Ist das eine notwendige Folgerung, Papa?"

„Wenn man einsieht, daß man es mit dem wilden Leben zu nichts Gescheitem bringt und sich verbessern will — gewiß. Vor allem andern empfehle ich dir aber, den alten Major von Buttenholt aufzusuchen. Er war einer meiner ältesten und liebsten Jugendfreunde und es würde mich recht von Herzen freuen, zu hören, daß es ihm gut geht. Seit langen, langen Jahren hat er aber meine Briefe nicht mehr beantwortet und ich weiß nicht einmal, ob er sich noch in Koblenz aufhält. Jedenfalls erfährst du aber dort, wohin er sich gewandt hat."

Fritz nickte zustimmend, hörte aber dabei kaum, was der Vater sagte, denn seine Gedanken waren bei dem wunderlichen Zufall, der ihn von zwei verschiedenen Seiten, zu einem bestimmten Punkte führte, aber er sagte dem Vater nichts von dem Gespräch, das er mit dem Freund geführt; wozu auch? — ging in sein Zimmer, packte seine Sachen und war in kaum einer halben Stunde fix und fertig mit allem.

Das, was er noch mit seinem Vater abzumachen hatte, wurde ebenfalls rasch erledigt; bei Tisch besprachen sie alles Notwendige und nachmittags um drei Uhr saß Fritz behaglich in einem Coupé zweiter Klasse, rauchte seine Cigarre und schaute eigentlich ziemlich gedankenlos auf die vorübergleitende Landschaft hinaus.

Drittes Kapitel.

Im Nicht-Rauchcoupé.

Mit dem Reisen in einem Eisenbahnzug ist es eine ganz wunderliche Sache, und man muß es in der That erst lernen, ehe man es ordentlich kann. Manche Leute werden mir das nicht glauben und sagen: „was ist aber dabei zu lernen? Ich löse mir eben ein Billet, gebe meine Sachen auf, setze mich ein und fahre dann mit fort — das kann ein jeder." — Das allerdings und er reist dann ebenso rasch als die Übrigen — aber wie? Zehn gegen eins, daß er in ein dichtgefülltes Coupé kommt, wo er nicht einmal die Füße ausstrecken kann; möglicherweise hat er auch eine Dame, mit einem schreienden Kind auf dem Schoß, gegenüber, während ein kleiner, ihr ebenfalls gehörender Bursche von fünf oder sechs Jahren ununterbrochen über seine Füße fort nach dem Fenster klettert und ihm dabei ein angebissenes Butterbrot mit der gestrichenen Seite auf die Kniee drückt. Er möchte rauchen, aber es geht nicht — eine Dame an seiner Seite erklärt, daß sie keinen Tabaksdampf, ebensowenig aber auch Zug vertragen könne; und er darf deshalb das Fenster nicht herunterlassen, obgleich im Coupé eine drückende Schwüle herrscht.

Endlich erreicht er sein Ziel, aber in einem Zustand der Auflösung begriffen, körperlich abgespannt, geistig vollständig totgeschlagen; und wie leicht hätte er das alles, nur mit einem kleinen Studium der Eisenbahnfahrt vermeiden können!

Allerdings sollen die Schaffner unparteiisch gegen die Reisenden verfahren, auch dürfen sie keine „Trinkgelder" annehmen; aber, du lieber Gott, es sind Menschen, und noch dazu sehr schlecht besoldete, und von denen widersteht jeder wohl Wind und Wetter, Kälte und Hitze, aber sehr selten einem Zehngroschenstück und einer Hand voll Cigarren. So kommt es denn, daß wir Coupés finden, wo ein einzelner alter Reisender bequem mit seinem wenigen Gepäck auf vier Sitzen liegt und seine Cigarre raucht und auf den anderen vieren seine Sachen ausgebreitet hat, während dicht daneben kein Apfel zur Erde könnte.

Der Zug hält: „Station Marburg."
„Nach Frankfurt!"
„Hier herein, meine Herrschaften!"
„Aber da ist ja alles besetzt."

„Wie viel Personen sind Sie?"

„Drei Personen und das Kind."

„Gerade noch Platz für drei Personen — die Dame dort muß ihr Gepäck aus dem Weg schaffen."

„Aber daneben das Coupé ist ja noch ganz leer — es sitzt nur ein einziger Herr darin."

„Coupé für Gießen; darf niemand anders dort hinein thun. Bitte, steigen Sie ein, denn der Zug geht ab, oder Sie bleiben da! Ich kann doch wahrhaftig nicht für jede Gesellschaft ein besonderes Coupé geben." —

Das sind kleine Scenen, die bei jedem Zug und auf jeder Bahn vorfallen und so lange vorfallen werden, als es noch Zehngroschenstücke und Cigarren giebt — zum besten für Reisende und — Schaffner.

Fritz saß nicht zum ersten Mal in einem Coupé, und wenn er sich anfangs mit seiner gewöhnlichen Indolenz auch nicht besonders darum gekümmert hatte, wohin und in welche Gesellschaft er kam, so wurde ihm das allmähliche Anfüllen des Coupés doch zuletzt lästig. Es waren auch zwei ältere Damen eingestiegen, die sich mit einander in französischer Sprache, aber laut, über die rohe Sitte des Rauchens bei den Deutschen unterhielten. Das wurde ihm zuletzt unbequem; er wollte ungestört sein, warf deshalb seine Cigarre fort und stieg in der nächsten Station, Gießen, mit seinem Reisesack und Schirm aus, um einen anderen und bequemeren Platz zu suchen.

Eigentlich hatte er die Absicht gehabt, direkt nach Köln und von da ab den Rhein aufwärts zu fahren, auch nur ein Billet bis Gießen genommen. Unterwegs war ihm aber fortwährend die Familie Raspe im Kopf herumgegangen. Es kam ihm gar so sonderbar vor, daß sie ihm von zwei ganz entgegengesetzten Seiten zu gleicher Zeit empfohlen werden sollte, und seine Neugierde erwachte natürlich, die beiden jungen Damen kennen zu lernen, die er schon als Kinder gesehen und über deren Liebenswürdigkeit Claus jetzt soviel berichtet. Was lag überhaupt daran, ob er zuerst nach Mainz oder Köln fuhr, und dann machte es ihm auch Spaß, wenn er daran dachte, was für ein Gesicht sein alter Freund Claus ziehen würde, sobald er erfuhr, daß Fritz vor ihm in Mainz bei der Familie gewesen und die Damen besucht hätte.

Mit dem Gedanken löste er sich in Gießen, anstatt nach Köln, ein Billet nach Frankfurt und schritt dann zu dem nämlichen Zug, mit dem er bis hierher gefahren, zurück. In das nämliche Coupé wollte er aber nicht wieder hinein, und einem Unterschaffner ein Stück Geld in die Hand drückend, sagte er:

„Ein Nicht=Rauchcoupé, lieber Freund, wo ich ein wenig ungestört sein kann — Sie verstehen mich schon."

„Mit dem größten Vergnügen, lieber Herr," sagte der Mann ungemein artig, — „und so lang's angeht; aber der Zug ist heute so stark besetzt — denken Sie nur, all die Bade= reisenden, — es ist manchmal unmöglich."

„Nun also, so lange es geht, alter Freund," lachte Fritz, „und dann — wenn ich bitten darf — angenehme Gesell= schaft. Es soll Ihr Schaden nicht sein."

Es läutete draußen; die Lokomotive pfiff und fort brauste der Zug seine glatte Bahn, bis er endlich wieder in Butzbach vor einem Gedränge von Menschen auf dem Perron anhielt.

Fritz hatte sich in aller Behaglichkeit in seinem Coupé eingerichtet und in dem Nicht=Rauchcoupé schon eben seine zweite Cigarre angezündet. Jetzt hielt der Zug und er beugte sich aus dem Fenster mit dem doppelten Zweck, einmal das Leben und Treiben da draußen zu beobachten, und dann auch einsteigende Passagiere an einem Überblick seines Coupés zu verhindern. Er erleichterte dadurch das Liebeswerk des Schaffners, der sich in der That Mühe gab, die verschiedenen Partieen von einem „belegten" Coupé abzulenken, ohne daß der Oberschaffner etwas davon merkte. Aber er vermochte doch nicht jede Begleitung von sich abzuwenden, denn die

Passagiere drängten in zu großer Masse zu, und es begann an Wagen zu fehlen.

„Es geht nicht länger!" stöhnte der kleine, dicke Mann in seiner blauen Uniform, als er wieder einmal an ihm vor=
5 überglitt; — „da kommt noch ein Schwarm."

„Frankfurt! Nicht=Rauchcoupé!" rief eine ältliche, etwas starke und sogar ein wenig männlich aussehende Dame, der ein junges Mädchen folgte.

„Hier ist noch Platz, meine Damen!" sagte der Ober=
10 schaffner, der mit einem Kennerblick das fast leere Coupé über= flogen hatte und zugleich die Thür öffnete; — „Nicht=Rauch= coupé! — Wollen Sie gefälligst schnell einsteigen; es ist die höchste Zeit."

„Schade um die Havanna!" stöhnte Fritz, indem er seine
15 kaum erst angebrannte Cigarre durch das entgegengesetzte Fenster hinaus= und sich selber in die eine Ecke hineinwarf. Es half jetzt nichts mehr, er mußte sich in sein Schicksal fügen und sah nur, wie hinter einander drei Damen einstiegen — die ältere mit zwei jüngeren — die Billete wurden abge=
20 nommen, die Thür war wieder zugeschlagen und der Zug setzte sich auch wirklich schon, kaum wenige Sekunden danach, in Bewegung.

Die Damen brauchten noch einige Zeit, bis sie das Gepäck untergebracht und ihre eigenen Sitze eingenommen
25 hatten. Die ältere Dame setzte sich gleich rückwärts dicht zur Thür — es war nicht das erste Mal, daß sie die Eisenbahn benützte.

„Willst du dich nicht in die Ecke setzen, Olga?" fragte sie die Jüngste in französischer Sprache.

30 „Ich danke dir, Mama," erwiderte diese, „ich fahre auch lieber rückwärts, der Funken wegen, und wir zwei haben nicht neben einander Platz — ich werde jene Abteilung einnehmen."

Sie wählte ihren Platz Fritz schräg gegenüber, der, mit dem Gesicht nach vorn, am offenen Fenster saß und sich leicht verbeugte, als sie ihren Sitz einnahm. Sie dankte freundlich und außerordentlich graziös. Die dritte Dame placierte sich der älteren gegenüber, so daß die vier Personen jede ein Viertel des Wagens behaupteten.

Während diese Einrichtung stattfand, hatte Fritz Zeit und Gelegenheit, seine neue weibliche Reisegesellschaft etwas näher zu beobachten.

Deutsche waren es keinenfalls, soviel sah er auf den ersten Blick, also wahrscheinlich Russen, wie der Name Olga verriet. — Olga! — es klang zu reizend, und was für ein bildhübsches Mädchen war es, die ihn trug, mit hellkastanienbraunen, fast blonden Haaren und so lieben, guten Augen! — er konnte nur noch nicht herausbekommen, ob sie dunkelblau oder hellbraun wären, da sie ihm dieselben nur flüchtig bei der ersten Begrüßung zuwandte. Sie trug ein schwarzes Barrett, mit einem brennend roten Flamingobusch darauf, eine Krawatte von derselben Farbe, ein grauwollenes, enganschließendes Kleid und eine chinesische rotseidene Schärpe statt Gürtel.

Die ältere Dame ging in Weiß gekleidet, den Überwurf von oben bis unten gestickt; eigentlich ein schlechter oder wenigstens unpraktischer Reiseanzug, da man auf der Eisenbahn dem Ruß nicht ausweichen kann. Natürlich sah das Kleid nicht mehr ganz sauber aus. Sonst trug sie das nämliche Barrett wie die Tochter, und was für einen entschlossenen Zug die Dame um die Lippen hatte, und wie entschieden sie gleich die Füße gegen den Sitz vis-à-vis stemmte! Man sah es ihr an, daß sie sich in dem Coupé wie zu Hause fühlte.

Die dritte Dame hielt sich etwas zurück und ging auch außerordentlich einfach und lange nicht so reich gekleidet — es war jedenfalls die Gesellschafterin, vielleicht gar die Kammerfrau der älteren Dame, die entweder eine russische oder polnische Gräfin sein mußte.

Fritz hätte mit seiner Beobachtung recht gut zu Ende

sein können; aber sein Blick flog immer wieder zu dem reizenden Wesen zurück, das ihm schräg gegenüber saß, sonst aber gar nicht so that, als ob er überhaupt auf der Welt wäre. Die Damen verkehrten sehr lebhaft mit einander, jetzt aber in einer vollkommen fremden Sprache — jedenfalls russisch oder polnisch — von der er keine Silbe verstand. Aber unterhielten sie sich denn über ihn? — sie warfen wenigstens, während sie mit einander sprachen, manchmal einen forschenden Blick nach ihm herüber und lachten und kicherten nachher mit einander. Fritz wurde blutrot im Gesicht, denn plötzlich kam ihm der Gedanke, daß er, aller Wahrscheinlichkeit nach, auch einem russischen Müller oder Meier ähnlich sehen müsse, was dann jedenfalls die Heiterkeit der Damen erweckt haben konnte. — Es war rein zum Verzweifeln, wenn er sich nur die Möglichkeit einer solchen Thatsache dachte.

Er drückte sich auch, ärgerlich über sich und die ganze Welt, in seine Ecke zurück. Rauchen durfte er nicht — ausgelacht wurde er dazu und verstand dann noch nicht einmal, was die Fremden mit einander sprachen. — Und was für ein freches, hochnasiges Gesicht die alte Dame hatte — und die Jüngste! Er erschrak, denn wie sein düsterer Blick diese eben suchte und augenscheinlich entschlossen schien, selbst in ihren lieben Zügen einen Fehler oder wenigstens eine Ähnlichkeit mit ihrer Mutter zu finden, bog sich das reizende Geschöpf plötzlich zu ihm über und sagte in deutscher Sprache, wenn auch mit etwas fremdartigem Accent und einer gar so herzigen, silberklingenden Stimme:

„Geniert es Sie vielleicht, wenn wir rauchen, mein Herr?"

Fritz mußte in dem Moment ein außerordentlich dummes Gesicht gemacht haben, denn er sah die junge Dame so verdutzt an, daß sich im Nu ein Paar allerliebste Grübchen in ihren beiden Wangen bildeten. Das brachte ihn aber zu sich selber; er wurde feuerrot und stammelte, indem er verlegen nach seiner eigenen Cigarrentasche griff:

„O, mein gnädiges Fräulein, gewiß nicht. Wenn Sie mir vielleicht erlauben wollten, Ihnen eine Cigarre anzubieten —"

„Nein, danke vielmals," lachte aber jetzt das junge Geschöpf, indem sie abwehrend die kleine Hand vorstreckte, — „wir führen unsere eigenen Cigarren mit!" Und sich wieder mit ein paar Worten zu ihrer Begleiterin wendend, holten beide sehr niedlich geflochtene Cigarrentaschen heraus und Fritz bemerkte dabei zu seinem Erstaunen, daß sie selbst nicht ohne Feuerzeug, also völlig ausgerüstet waren. Sie lachten und plauderten dabei wieder in ihrer eigenen, unentwirrbaren Sprache, ohne von dem Fremden weiter Notiz zu nehmen oder ihn doch wenigstens dabei anzusehen, denn dem jungen Maler kam es immer noch so vor, als ob sie sich über ihn unterhielten. Selbst in der fremden Sprache, von der sie doch nicht vermuten konnten, daß er sie verstehe, flüsterten sie ein paarmal einige Worte, daß er nicht einmal die Laute hören konnte. Die Kammerfrau oder Gesellschafterin, nahm übrigens keinen Teil an der Unterhaltung, sondern sah still und schweigend aus dem entgegengesetzten Fenster. Möglich, daß sie selber nicht der fremden Sprache mächtig war.

Es ist das übrigens ein sehr unbehagliches Gefühl, sich in einer Gesellschaft unter dem Verdacht zu befinden, selber der Gegenstand einer geheimen Unterhaltung zu sein; noch dazu, wenn ein junges liebenswürdiges Mädchen dazu gehört, das sich trefflich darüber zu amüsieren scheint; und es wurde dem jungen Maler auch zuletzt so lästig, daß er beschloß, dem unter jeder Bedingung ein Ende zu machen.

„Mein gnädiges Fräulein," wandte er sich wieder an seine ihm schräg gegenübersitzende Nachbarin, diesmal aber in französischer Sprache, — „vielleicht erlauben Sie auch mir, eine Cigarre anzuzünden?"

„O sicher, sicher!" rief die junge Dame aus, „wie könnten wir es Ihnen wehren wollen, da wir selber rauchen! — aber," fügte sie, über und über errötend, hinzu, „ich muß vorher wohl recht schlecht deutsch gesprochen haben, daß Sie mich jetzt französisch anreden?"

Jetzt war Fritz an der Reihe, rot zu werden, und er besorgte das gründlich, sah sich auch kaum im stande, einige ungeschickte Entschuldigungen zu stammeln, daß es sicher nicht der Fall wäre und er sie, nach ihrer deutschen Aussprache, kaum für eine Fremde gehalten hätte. Seinen Zweck schien er aber doch erreicht zu haben, denn die ältere Dame, wie sie fand, daß sie sich mit ihm unterhalten könne, knüpfte jetzt richtig ein Gespräch mit ihm an und fragte ihn, wohin er reise.

Nun wußte das unser junger Freund eigentlich selber noch nicht und kannte nur sein erstes Ziel: Frankfurt, von wo aus es sich ja dann entscheiden sollte, ob er dort vielleicht einige Zeit bliebe oder möglicherweise auch gleich nach Mainz weiter ginge. Er erwiderte also, daß er nur auf einer Vergnügungsreise begriffen wäre und es ganz von den Umständen abhängig gemacht habe, welche Richtung er in der nächsten Zeit einschlüge.

„Nicht wahr, Sie haben Warschau schon einmal besucht?" fragte die Alte wieder und Fritz fühlte, wie ihm das Blut in's Gesicht stieg — dahinter stak wieder der verwünschte polnische Meier.

„Woher vermuten Sie das?" fragte er auch gleich mißtrauisch. „Ich kenne Warschau gar nicht und war nie dort."

„In der That? — und ich hätte doch darauf geschworen, Sie dort schon einmal gesehen zu haben."

Richtig, wie er vermutet! Es war rein zum Totschießen!

„Nein," sagte er kopfschüttelnd, „gnädige Frau haben sich da geirrt; ich kenne Polen gar nicht und habe auch noch eigentlich, außer Italien und der Schweiz, den Fuß nie über die deutsche Grenze gesetzt."

„Es ist merkwürdig!" versicherte die Dame und geriet wieder in das unselige Polnische hinein, in dem sie sich mit ihrer Gesellschaft weiter unterhielt, ohne von dem jungen Mann mehr Notiz zu nehmen. Die junge Dame mochte aber doch wohl fühlen, daß das nicht ganz schicklich sei; und sich wieder freundlich zu ihm wendend sagte sie ihm, daß sie dann jedenfalls bis Frankfurt zusammen reisen würden, da sie die Absicht hätten, nach Mainz zu gehen, dort einige Zeit zu bleiben und dann die Rheinfahrt abwärts zu machen.

„Auch ich werde wahrscheinlich direkt nach Mainz durchgehen," sagte Fritz rasch entschlossen, denn die junge Dame machte einen gar so angenehmen Eindruck auf ihn, und in Frankfurt hatte er doch nichts weiter zu thun. Er bediente sich jetzt auch wieder des Deutschen, um ihr zu beweisen, daß sie ihn vorhin in einem falschen Verdacht gehabt.

„Aber weshalb sprechen Sie nicht französisch?" fragte sie ihn; „ich komme viel besser darin fort."

„Gewiß nicht besser als im Deutschen, mein gnädiges Fräulein," erwiderte jetzt Fritz galant, — „ich spreche es selber nicht korrekter."

„Sie sind sehr liebenswürdig," lächelte das junge Mädchen und zeigte dabei ein Paar wunderbare Reihen von Perlenzähnen, — „meine Schwächen so vollkommen zu übersehen. Aber ich liebe das Deutsche und benutze es gern; — doch, was ich Sie fragen wollte: Sind Sie in Frankfurt bekannt und können Sie uns vielleicht ein gutes Hotel empfehlen? Man soll da so geprellt werden."

„Ich habe bis jetzt immer im Landsberg gewohnt," sagte Fritz, „und werde auch diesmal dort übernachten; es ist ein gutes Hotel mit mäßigen Preisen. Sie brauchen nicht zu fürchten, dort überfordert zu werden."

„Sehr schön — Landsberg, sagten Sie?"

„Ja wohl."

„Ich werde mir den Namen merken und bin Ihnen sehr

dankbar. Aber noch eine Frage gestatten Sie mir — Sie sind Künstler, nicht wahr?"

„Maler, mein gnädiges Fräulein."

„Ich dachte es mir — es ist doch sonderbar, daß man
5 den meisten Menschen gleich von außen ansehen kann, welchem Beruf sie folgen. Es muß etwas an ihnen haften, was uns gleich in der Richtung hin anspricht."

„Der Staub des Gewerbes," lächelte Fritz, der kaum die Worte hörte, weil er so ganz auf den lieblichen Klang der=
10 selben lauschte. Es war gar so entzückend, und er hätte volle Stunden lang dabei sitzen mögen. Es war ihm auch wirklich nicht zu verdenken, denn ihm als Maler mußte schon die voll= kommen tadellose Gestalt des schönen Mädchens eine liebe und willkommene Erscheinung sein, und dazu kam noch der Zauber,
15 den ihr freies und doch dabei höchst anständiges, ja sogar vor= nehmes Wesen über ihn heraufrief.

Hätte sich ein deutsches Mädchen je so ungezwungen, so wirklich freundschaftlich nach kaum minutenlanger Bekannt= schaft und ohne vorher vorgestellt zu sein, mit einem
20 fremden Mann unterhalten? Gewiß nicht — oder doch nur in seltenen und Ausnahmefällen, und hier kam das, wie von selber. Und wie allerliebst sah das aus, wenn sie dazu den Dampf ihrer kleinen Papiercigarre in zierlichen Kräuselwöll= chen zwischen den Lippen vorstieß — und diese Lippen!

25 Wieder hielten sie an einer Station — es war Hanau, und jetzt wurden sämmtliche Waggons in Anspruch genommen, um eine wahre Völkerwanderung israelitischer Familien auf= zunehmen und nach Frankfurt in ihre Heimat zu befördern.

„Hier gehen noch vier Personen herein!" rief der Ober=
30 schaffner, der die Thür öffnete und selber nachsah, — „steigen Sie rasch ein!"

„Aber mer sind fünf, Herr Kondukteur," sagte eine ältliche Dame, die am linken Arm einen riesigen Arbeitskorb und auf dem rechten ein schreiendes Kind hatte.

„Das Kind zählt ja doch nicht," sagte dieser, „machen Sie nur rasch!"

„Aber der Jakob muß aach herein — mer kennen uns doch nicht trennen — Jakob, wo bist de?"

„Machen Sie's, wie Sie wollen!" rief der Kondukteur, „ich habe keine Zeit weiter — das ist das letzte freie Coupé, sonst muß ich Sie alle einzeln wegstecken."

„Gott der Gerechte — von die Kinder weg!" rief die Frau und fuhr wie der Blitz in die Thür hinein. — Olga glitt rasch von ihrem Platz fort und zur Mutter hinüber, damit sie von dieser nicht getrennt würde, und mit ein klein wenig Geistesgegenwart hätte ihr Fritz folgen können; aber er versäumte den richtigen und allein möglichen Moment, und wenige Sekunden später hatte sich die jüdische Familie, mit Mann, Weib und Nachkommenschaft zwischen ihn und Olga geschoben. Ja sogar Jakob war mit eingestiegen und, da er keinen Platz mehr fand, stehen geblieben, setzte sich aber auch gleich darauf, als der Zug einen Ruck that, der älteren Polin auf den Schoß, die darüber entrüstet aufschrie und nach dem Kondukteur rief.

Fritz nahm sich ihrer an und rief einen der Leute herbei, dem er den überzähligen Jakob denunzierte. Dieser sollte jetzt aussteigen und einen anderen Platz suchen, aber die Mutter wollte nicht. Der Jakob sollte bleiben, wo sie blieb, denn er gehörte mit zu der Familie — lieber könnte einer von den anderen „Passagiers" aussteigen. Leider half ihr dieser Vorschlag nichts — Jakob mußte wieder hinaus und verschwand gleich darauf in der schon draußen einbrechenden Dunkelheit, während die Mutter einmal über das andere rief:

„Wenn mer'n nur wieder finne in Frankfort, den Jakob!"

„Wär ein Unglück," sagte endlich der viel vernünftigere Vater, „wenn mer'n n i ch fänden, als er weiß, wo mer wohne in Frankfort!"

Dann wurde das Gepäck gezählt, während sich der Zug

langsam in Bewegung setzte — es sollten sechs Stück sein, aber es waren nur fünf — alles wurde in wilder Hast durch einander geworfen.

„Als ich will leben und gesund sein," rief aber die alte Dame, „'s fehlt mer mei Ledertäschche mit dem Portemonneh drin und vier Gulden dreißig Kreuzer in barem Geld — vorhin hatt' ich's noch." —

Ja, sie machte sogar den Vorschlag, daß der Zug wieder halten solle.

„Ich wollt', der Rothschild wär' mer so viel schuldig," sagte aber der Alte, „als mer jetzt müsse bezahlen, wenn der Zug halte sollt — mach kai Stuß — du werst's schon widder finne."

Er hatte Recht; die kleine Rebekka besann sich, daß es der Jakob in den größeren Korb gesteckt hatte, und dort wurde es mit einem Jubelschrei entdeckt, herausgeholt, um zu sehen, ob das Portemonnaie mit den 4 fl. 30 kr. noch drin war, und dann wieder hineingeschoben.

An eine Unterhaltung war jetzt weiter nicht zu denken. Die eben eingetroffene Familie führte diese mit lautester Stimme und in echt jüdischem Dialekt ganz allein, und Fritz, der sich mißmutig in die eine Ecke drückte, erfuhr jetzt, was die Rosengartens für eine liebenswürdige Familie wären, wenn er nur nicht so mit seinen Geschäften prahlte und die Frau nicht lauter seidene Kleider trüge, wo man sähe, daß es „Ausschuß" sei, und die Kinder ein klein bißchen artiger sein wollten, und daß der Levi Sommerthal jedenfalls der Sarah Goldthal den Hof mache und die Sarah den Lieutenant „von die Kavallerie" lieber hätte — das eitle, hochfahrige Ding!

Kurz, in dieser Weise ging es bis nach Frankfurt, nur mit einigen Zwischenfällen, fort — die kleine Rebekka hatte sich auf den mitgenommenen Butterkuchen gesetzt und diesen nicht allein vollständig platt gedrückt, sondern auch einen großen Fettflecken in ihr seidenes „Robche" bekommen. Dar=

über entsetzt, ließ die Mutter ihren Strickbeutel fallen, aus
dem sich eine Partie Schlüssel nach allen Richtungen hin über
den Boden des Coupés zerstreuten; kurz, es war eine unbe=
schreibliche Unruhe in das Coupé gekommen, das der Geruch
des warmen Butterkuchens nur noch unbehaglicher machte.
Glücklicherweise war die Strecke nicht mehr so lang und Fritz
dankte seinem Schöpfer, als die Lokomotive wieder ihren
langatmigen grellen Pfiff abgab — ein Zeichen, daß sie sich
der Endstation näherten.

Viertes Kapitel.

Waren Sie schon einmal in Nürnberg?

Es versteht sich eigentlich von selbst, daß Fritz nach ihrer
Ankunft in Frankfurt den hier völlig unbekannten Damen mit
ihrem Gepäck half, und ihnen ebenfalls eine Droschke besorgte.
Er erhielt auch zu seiner Freude die Erlaubnis, dieselbe in
das vorgeschlagene Hotel, den Landsberg, zu dirigieren und
konnte wenigstens noch eine halbe Stunde unten an der table
d'hôte mit ihnen zusammen sein. Dort wurde denn auch
besprochen, die Fahrt nach Mainz morgen früh mit dem
zweiten Zug — denn der erste ging zu früh ab — gemeinschaft=
lich zu machen, und als sich die Damen bald in ihre Gemächer
zurückzogen, blieb Fritz noch unten in bester Laune sitzen, um
einer Flasche ausgezeichneten Hochheimers zuzusprechen.

Frankfurt! — was kümmerte ihn Frankfurt — was hatte
er dort verloren oder zu suchen! — Geld brauchte er nicht,
und wenn es der Fall gewesen wäre, hätte er es eben so gut
brieflich erlangen können; aber diese charmante Familie — er
meinte natürlich nur die Tochter — durfte er nicht sogleich
wieder aus den Augen verlieren. Und außerdem Mainz —

Waren Sie schon einmal in Nürnberg?

er lächelte still vor sich hin, als er an „Rosa Raspe" dachte. — Claus hatte ihm freilich gesagt, daß sich die Familie gegenwärtig gar nicht in Mainz befände; — aber war das vielleicht nur deshalb geschehen, um ihn davon abzuhalten, sie aufzu-
5 suchen? Ob er das letztere that, wußte er freilich selber noch nicht; jedenfalls konnte er sich aber doch erkundigen, ob die Familie gerade in Mainz oder wo sonst sei und dann noch immer thun, was ihm das Beste schien.

Am nächsten Morgen hätte er beinahe die Zeit verschlafen,
10 so süß träumte er von allerlei märchenhaften und zauberschönen Dingen, in welchen die hübsche Russin oder Polin — er wußte es ja selber noch nicht — natürlich eine Hauptrolle spielte. Glücklicherweise erwachte er aber doch noch früh genug, um sich fertig ankleiden und ein etwas beschleunigtes Frühstück
15 nehmen zu können. Dann kam der Kellner, der ihm die Rechnung brachte und dabei meldete, der Omnibus halte schon unten und die Damen seien eben eingestiegen. Und er hatte sich gleich am ersten Morgen saumselig gezeigt! — es war wirklich zu arg und er mußte das jetzt nur wieder gut zu
20 machen suchen.

Die Damen saßen in der That schon im Wagen und schienen auf ihn gewartet zu haben. Er entschuldigte sich jetzt auf das lebhafteste und war auch wirklich feuerrot dabei geworden. Olga empfing ihn aber mit einem gar so lieben
25 Lächeln, und sein Vergehen schien schon vergessen und vergeben, ehe er nur seinen Sitz im Wagen eingenommen hatte.

Und wie wunderbar schön das junge Mädchen heute war, — wie morgenfrisch; aber die alte Dame trug noch immer ihr weißgesticktes, sehr schmutziges Kleid von gestern, was ihn
30 etwas störte. Glücklicherweise saß er neben der jungen, und sie plauderte auch heute nach Herzenslust und lachte noch über ihre gestrige Gesellschaft von Hanau — die jüdische Familie und den verlorenen Jakob, wie über die im Wagen ausgestreuten Schlüssel.

Die Sonne lag in ihrer ganzen Pracht auf dem fruchtbaren Main- und Rheinthal, das sie jetzt durchflogen, und nur im Westen türmten sich düstere Wolkenberge auf, die immer mehr eine fast schwarze Färbung annahmen und dadurch einen ganz eigentümlichen Schein auf die Landschaft warfen. Es war ein über den französischen Gebirgen aufsteigendes Gewitter, das wohl dort schon seine wilden Schauer niedersandte, während hier noch die Sonne hell und klar am Himmel leuchtete.

Aber wie rasch verging ihm die Zeit auf der kurzen Fahrt! Er bemerkte kaum die zahllosen Haltestellen und es däuchte ihm nur wenige Minuten, daß sie abgefahren wären, als sie schon über die prachtvolle Mainzer Rheinbrücke rasselten und die Lokomotive ihren schrillen, langgezogenen Pfiff ausstieß.

„Aber wo werden Sie in Mainz logieren?" fragte Fritz jetzt plötzlich, wie aus einem Traume erwachend, denn daran hatte er noch gar nicht gedacht.

Der Zug rollte eben an den Festungswerken vorüber und durch sie hin in den Bahnhof hinein.

„Ich weiß es wirklich noch nicht," sagte Olga, und es war fast, als ob sie bei der Frage etwas verlegen würde; — „es ist möglich, daß uns jemand am Bahnhof erwartet." —

„In der That?" sagte Fritz bestürzt — aber es blieb ihm keine Zeit zu weiteren Fragen — der Zug glitt in den Bahnhof hinein und hielt an — die Damen waren aufgestanden, um ihr verschiedenes Gepäck zusammenzusuchen, die Thür wurde geöffnet, und als Olga den Kopf hinausstreckte, stieß sie einen freudigen Ruf aus und winkte mit dem Taschentuch draußen irgend jemand zu, der nicht säumte, herbei zu eilen. Fritz bemerkte auch zu seiner nicht eben angenehmen Überraschung einen sehr hübschen, etwas fremdländisch aussehenden, aber sehr elegant gekleideten jungen Mann, der vornehm nachlässig auf dem Perron herankam und leicht den Hut gegen die Damen lüftete. Er half dann Olga aus dem Wagen, nachher der älteren Dame — um die Gesellschafterin kümmerte er sich nicht — und übernahm den Gepäckschein, den er einem Diener in Livrée einhändigte.

Fritz war ebenfalls ausgestiegen und stand in einiger Verlegenheit neben Olga. Er schien noch gar nicht mit sich im reinen, ob er sich so plötzlich durch die Erscheinung des Fremden solle abweisen lassen — das konnte ja recht gut ihr Bruder sein — er wechselte auch einige Worte in der fremden Sprache mit der alten Dame — es war jedenfalls ihr Bruder.

"Ach, lieber Wladimir," sagte da Olga in französischer Sprache, indem ihr Blick zufällig auf Fritz Wessel fiel, — "erlaube mir, dir unseren Reisegefährten vorzustellen, der sich unser sehr freundlich angenommen hat. Ich weiß aber Ihren Namen noch nicht einmal, mein Herr."

"Friedrich Wessel," stammelte Fritz, ordentlich purpurrot werdend.

Der fremde junge Mann lüftete vornehm den Hut.

"Mein Gemahl," fuhr Olga, auf ihn zeigend, fort und hing sich an seinen Arm, — "es hat uns recht gefreut, Ihre Bekanntschaft gemacht zu haben."

Fort ging sie — die alte Polin mit ihrem schmutzig weißen Kleide schleifte vornehm grüßend an ihm vorüber — die Gesellschafterin folgte mit zwei Reisesäcken und drei Hutschachteln, und Fritz sah die Gestalten, wie die Figuren einer Laterna magica an sich vorüberziehen und stand dort, an die Stelle gebannt, wie in einem Halbtraum, als sie schon längst den Bahnhof verlassen hatten.

"Mein Gemahl!" stöhnte er dann endlich leise vor sich hin, — "mein Gemahl — und von mir hat sie sich die ganze Reise "gnädiges Fräulein" nennen lassen!"

"Haben Sie kein Gepäck?" — Mit der Frage rief ihn einer der Kofferträger wieder zum wirklichen Leben zurück.

"Ja — allerdings —"

„Ihren Zettel!"
„Hier!"
„Wo wollen Sie logieren?"
„Im nächsten Hotel."
„Gut, dann schaff ich es Ihnen gleich hinüber — warten Sie hier einen Augenblick!"

Fritz war noch gar nicht mit sich im reinen, ob er nach dem eben Vorgefallenen hier überhaupt bleiben wolle — aber wohin gleich? Ein Zug ging überdies nicht so bald wieder ab, und wenn er nun vielleicht mit einem Dampfschiff den Strom hinabgegangen wäre? Aber, zum Henker auch, was kümmerte ihn die Polin und ob sie verheiratet war oder nicht — er hätte sie doch nicht zur Frau gemocht — kokettes Frauenzimmer, das sich ganz ruhig „gnädiges Fräulein" nennen ließ und ihn dann ihrem „Gemahl" vorstellte. — „O die Weiber!" murmelte er leise vor sich hin, mit den Worten ein ganzes Geschlecht verdammend, das er eigentlich kaum dem Namen nach kannte, und folgte jetzt seinem Kofferträger in eines der in langer Reihe gerade gegenüberliegenden Hotels, um dort erst einen weiteren Entschluß zu fassen. Er war einmal in Mainz und es war deshalb das Beste, der Stadt, die er ja doch besuchen wollte, ein paar Tage zu widmen.

Er bemerkte dabei fast gar nicht, daß der Wind jetzt wie ein junger Sturmwind am Ufer des Rheins entlang fegte und den Strom selber mit kleinen Kräuselwellen überdeckte, er achtete nicht einmal auf die großen, schweren Tropfen, die erst noch einzeln niederschlugen, als er gerade das Portal des Hotels erreichte und dort von einem halben Dutzend Kellnern in Empfang genommen wurde.

Draußen goß es jetzt plötzlich, als ob — einem üblichen Vergleich nach — alle Schleusen des Himmels aufgezogen wären. Fritz warf keinen Blick auf die über das Trottoir spritzenden Tropfen zurück — nur an Olga dachte er und dann, durch den Kellner daran erinnert, an ein warmes Frühstück,

Waren Sie schon einmal in Nürnberg?

denn an dem Morgen hatte er nur in aller Hast eine Tasse
Kaffee getrunken, um die Gesellschaft jenes zauberisch schönen
Wesens nicht zu versäumen. Allerdings ärgerte er sich jetzt
über seine Dummheiten; aber es war eben einmal geschehen
5 und da niemand weiter Zeuge gewesen, auch noch kein so
großes Unglück — er mußte sie nur so rasch als irgend
möglich wieder vergessen.

Vor der Hand widmete er sich mit aller Hingebung seinem
Frühstück, trank eine Flasche Wein dazu — eine halbe aus
10 Bedürfnis und die zweite halbe aus Ärger — und sah dabei
gedankenvoll zum Fenster hinaus, gegen dessen Scheiben die
großen Tropfen jetzt blitzschnell einander folgend anschlugen
und lange trübe Rinnen an der Außenseite bildeten.

Rosa Raspe — sonderbar, daß er den so unmelodisch
15 klingenden Namen nicht aus dem Kopf bekam. War es vielleicht gerade deshalb, weil er ihm so unmelodisch klang?

„Kellner, haben Sie ein Adreßbuch im Hotel?"

„Zu dienen!" — Das große, schwere Buch lag wenige
Minuten später vor ihm aufgeschlagen und unwillkürlich suchte
20 er nach dem Buchstaben R. — Rappen — Raquette — Ras-
lob — Rasmus — Raspe, Gemüsehändler — Raspe, Blech-
schmied — alles nicht — Raspe, Buchbinder, auch nicht —
Raspe, Dr. med., Bergstraße 32, erste Etage — das war der
Rechte — Bergstraße 32. — Hm! er konnte dort in aller
25 Ruhe einmal einen Besuch machen, ohne gleich seinen Empfehlungsbrief abzugeben. — Herr Dr. Raspe brauchte gar nicht
zu wissen, wer er sei — er brachte Grüße von Claus — war
auf der Durchreise. Gab er einen falschen Namen an, so
galt das später doch jedenfalls nur als ein Scherz.

30 „Kellner! eine Droschke!" — Der Regen hatte noch nicht
aufgehört — das Gewitter war vorübergezogen; es donnerte
und blitzte wenigstens nicht mehr, aber es goß noch und
während die Droschke geholt wurde, wechselte er rasch seine
Wäsche.

„Wohin wollen Sie?" frug der Droschkenkutscher, als er endlich in den seiner harrenden Wagen stieg.

„Dr. Raspe."

„Bergstraße?" frug der Mann.

„Kennen Sie das Haus?"

„Na gewiß!" erwiderte dieser und setzte sein Pferd in Trab. Er bog auch augenblicklich in die Stadt selber ein und Fritz kam eigentlich erst in der einsamen Droschke zur Besinnung und überlegte sich jetzt, weshalb er denn eine so entsetzliche Eile gezeigt habe, um jenen Dr. Raspe zu besuchen, und welche vernünftige und mögliche Ausrede er nur zu seiner Entschuldigung vorbringen könne. Auf keinen Fall durfte er sagen, daß er eben in dem Augenblick angekommen sei — er befand sich schon zwei oder drei Tage in Mainz und wollte vor seiner Abreise doch den Auftrag seines Freundes erledigen. — Aber da fiel ihm eben noch zur rechten Zeit ein, daß dieser ja kaum erst vorgestern Mainz verlassen haben konnte — das ging auch nicht; und ehe er noch zu einem definitiven Entschluß gekommen war, hielt die Droschke schon dicht vor einem großen, düstern Thorweg und der abscheuliche Regen hatte sich indessen eher verstärkt als vermindert — dicht vor dem Hause schoß ein ordentlicher kleiner Bergbach vorüber. Er drückte also dem Kutscher durch das vordere Droschkenfenster ein Fünfgroschenstück in die Hand und sprang dann, den Schlag wieder hinter sich zuwerfend, unter den Vorbau des Thors, wo er einen großen Klingelzug entdeckte.

An diesem zog er, und fast unmittelbar danach schnappte ein Riegel und die Hausthür klaffte auf, ohne daß er jemanden bemerken konnte — sie mußte durch einen Zug geöffnet sein. Als er aber hineintrat, fand er sich noch keineswegs im Hausflur selber, sondern erst vor einer andern Thür, ebenfalls aus starkem braunem Eichenholz, in welcher er einen kleinen Schieber mit Glasfenster bemerkte.

„Alle Wetter!" lachte Fritz still vor sich hin, „Dr. Raspe

bewahrt seine beiden holden Blumen, Veilchen und Rose, ganz
vortrefflich hinter Schloß und Riegel; aber Claus Beldorf hat
doch den Weg hineingefunden und so wird ja auch wohl für
mich die Zugbrücke niedergelassen werden — aha, da kommt
5 schon der Burgwart."

Der kleine Schieber wurde in dem Augenblick geöffnet
und Fritz bemerkte das Gesicht irgend eines Individuums, das
ihn selber aber gar nicht an=, sondern an ihm vorbei in die
Ecke des Thorwegs sah und dabei mit einer tiefen Grabes=
10 stimme sagte:

„Zu wem wollen Sie?"

Fritz schaute sich im ersten Moment wirklich etwas über=
rascht um, ob er vielleicht jemand übersehen habe, der noch
mit ihm in dem engen Vorhaus stände; aber er befand sich
15 vollkommen allein — die Anrede mußte jedenfalls ihm ge=
golten haben, und ohne sich lange zu besinnen, fragte er:

„Ist der Herr Doktor zu Hause?"

„Ja."

„Also nicht verreist?"

20 „Nein."

„Seine Familie auch nicht?"

„Nein — was wollen Sie von ihm?"

Dem jungen Mann kam die Frage eigentlich sonderbar
vor. Was ging das den Menschen an, was er von dem
25 Doktor wollte? um aber nicht länger aufgehalten zu werden,
sagte er:

„Ich komme im Auftrag eines Freundes — ich habe
ihm etwas mitzuteilen."

„So!" erwiderte der Mann und fing an, langsam die
30 Thür aufzuschließen. — „Na, dann gehen Sie nur hinauf!
ich komme gleich nach."

Fritz betrat einen halbdunkeln, mit Eichenholz ausge=
täfelten Raum, der eigentlich etwas Unheimliches hatte; er
sah gar so düster aus und war so leer und öde; aber wahr=

scheinlich bewohnte der Doktor das ganze Haus und konnte dann natürlich keine Möbel in den Vorsaal stellen.

Der Mann, der, wie Fritz jetzt bemerkte, entsetzlich schielte, schloß indessen die Thür wieder hinter ihm — die vordere war ebenfalls von selber eingeschnappt — und sagte dann: „Gehen Sie nur die erste Treppe hinauf! ich komme gleich nach; ich muß erst den Schlüssel holen." — Und damit schritt er in sein Zimmer zurück, während Fritz langsam vor sich hin mit dem Kopf schüttelte.

„Sonderbar," murmelte er dabei, „Doktor Raspe wird mir immer interessanter. Der macht ja ein wahres Kloster aus seiner Burg. Jetzt werde ich wirklich neugierig, die beiden Blumen, die er hier bewacht, kennen zu lernen. Jedenfalls ist er selber ein wunderlicher alter Kauz, mit dem ich mich freue Bekanntschaft zu machen. Solche Menschen bilden doch eine Abwechslung im Leben."

Mit derartigen Gedanken stieg er die breite hölzerne Treppe rasch hinauf, blieb hier aber stehen, denn er hatte den Thorwärter nicht einmal gefragt, ob der Doktor im ersten oder zweiten Stock wohne. Jedenfalls aber doch im ersten, nur wußte er nicht, in welcher Thür, denn er befand sich hier plötzlich in einem langen Gang, in den, ähnlich wie in einem Hotel, eine Menge von Thüren hineinführten, die auch, wie er jetzt zu seinem Erstaunen bemerkte, mit zwar kleinen, aber doch deutlichen Nummern bezeichnet waren. Er sah sich kopfschüttelnd in dem Raume um; ehe er aber nur einen weiteren Gedanken fassen konnte, öffnete sich plötzlich eine der Thüren, und ein bildschönes Mädchen, jedenfalls noch in ihrer Morgentoilette, in einem weißen wallenden Gewand, die Haare aber sorgfältig in zwei lange, prachtvolle Zöpfe geflochten, die ihr vorn über die Schultern herüberhingen, kam heraus, sah sich einen Moment wie scheu um und glitt dann rasch auf ihn zu.

War das Rosa oder Viola? Was für wunderschöne

Augenwimpern sie hatte, und wie lieb und doch auch ängstlich ihn die großen dunkelblauen Augensterne ansahen! Er grüßte rasch und artig, aber die junge Dame erwiderte seinen Gruß nicht. Wie schüchtern horchte sie nach der Treppe hinunter
5 und als sie dort noch keinen Schritt hörte oder sich sonst vielleicht sicher glaubte, glitt sie plötzlich dicht an ihn hinan, legte ihre weiße, fast durchsichtige Hand auf seinen Arm und flüsterte ihm zu:

„Fliehen Sie, so rasch Sie können — noch ist es Zeit
10 — oder Sie sind verloren! Um Gotteswillen fliehen Sie!"

„Aber, mein bestes Fräulein," sagte Fritz, wirklich erschreckt, — „ich habe ja keinem Menschen etwas zu leid gethan, und wenn Ihr Herr Vater —"

„Zu spät! o, zu spät!" seufzte das arme Kind recht aus
15 tiefster Brust, und einen Blick unendlichen Mitleids auf den verblüfft Dastehenden werfend, glitt sie in ihre Thür zurück und drückte sie hinter sich in's Schloß.

Fritz wäre ihr gern gefolgt, um sie um Aufklärung über die eben erhaltene Warnung zu bitten; aber eben kam der
20 Thorhüter langsam und hustend die Treppe hinter ihm herauf und so indiskret mochte er doch auch nicht sein, um die Thür selber wieder zu öffnen, hinter welche sich das schöne Mädchen zurückgezogen hatte. Und wie schön war sie! Er erinnerte sich nicht, je in seinem ganzen Leben ein edleres Profil ge-
25 sehen zu haben, und wie lieb und gut hatte sie ihn angesehen! Es mußte dabei eine von des Doktors Töchtern gewesen sein, denn als Maler besaß er schon einen Blick für Toilette, und das Gewand, das sie trug, war vom feinsten, sorgfältig gestickten Stoff und das Armband von ihrem linken Handgelenk
30 jedenfalls mit echten Brillanten besetzt. Ehe er aber nur einen weiteren Gedanken fassen konnte, erreichte der Thorwächter den oberen Absatz der Treppe, und sich nach links wendend, schloß er hier eine schwere und feste Thür auf, die wieder eine nach oben führende Treppe zeigte.

„So", sagte er dabei, „gleich rechts in der zweiten Etage ist das Wohn- und Arbeitszimmer des Herrn Doktors. Klopfen Sie nur stark an! er hört ein wenig schwer; er hat ein großes weißes Schild an der Thür."

Fritz zögerte einen Moment. Er hätte den Mann gern nach der jungen Dame gefragt, aber diese auch vielleicht in Verlegenheit gebracht, und Gefahr? Du lieber Gott, welche Gefahr konnte ihm hier in einem civilisierten Lande, ja mitten in einer Festung drohen? Jedenfalls hatte ihn das unselige Mädchen wieder für einen anderen gehalten, der, wer weiß was, hier verbrochen haben mochte und den sie warnen wollte. Es war rein zum Verzweifeln. Das aber durfte er den Dienstboten unter keiner Bedingung merken lassen; und ihm nur mit dem Kopf zunickend, zum Zeichen, daß er ihn verstanden habe, stieg er rasch die Treppe hinan, die nach dem oberen Stock zuführte. Es befremdete ihn allerdings ein wenig, daß die schwere Thür wieder hinter ihm verschlossen wurde; wozu waren alle diese Vorsichtsmaßregeln nötig? aber an der Sache ließ sich auch jetzt nichts weiter ändern; und ohne sich länger mit nutzlosem Nachgrübeln aufzuhalten, sprang er die wenigen Stufen hinauf, die ihn noch von dem oberen Stock trennten. Er war jetzt selber begierig geworden, den Doktor Raspe kennen zu lernen.

Ehe er die oberste Stufe erreichte, bemerkte er einen ältlichen, aber sehr breitschultrigen Herrn mit einem etwas roten Gesicht und kleinen, lebhaften, grauen Augen, der einen roten Fes auf und eine lange Pfeife in der Hand, dabei in Schlafrock und türkischen Pantoffeln, langsam den Gang herunter- und auf ihn zukam. Das war jedenfalls der Doktor selber, und auf der zweiten Stufe stehen bleibend und seinen Hut ziehend, sagte er mit freundlicher Verbeugung:

„Habe ich das Vergnügen, Herrn Doktor Raspe begrüßen zu können?"

Der ältliche Herr antwortetete ihm nicht gleich — er sah

ihn nur ernsthaft und forschend an und sagte dann mit einer tiefen und klangvollen Stimme:

„Waren Sie schon einmal in Nürnberg?"

Nun hätte Fritz allerdings jede andere Frage eher erwartet; denn welches Interesse konnte es für den Doktor haben, ob ein wildfremder Mensch, dessen Namen er noch nicht einmal kannte, schon einmal in Nürnberg war oder nicht. Er mochte auch wohl ein etwas verdutztes Gesicht gemacht haben, jedenfalls lächelte er verlegen und erwiderte dann artig:

„Nein, verehrter Herr — bis jetzt bin ich noch nicht in Nürn —"

Er kam nicht weiter, denn in demselben Moment versetzte ihm der Herr im Schlafrock und mit der langen Pfeife eine so furchtbare und wohlgezielte Ohrfeige, daß er jedenfalls wieder die Treppe hinabgestürzt wäre, wenn er sich nicht rasch, um sein Gleichgewicht zu wahren, an dem Geländer festgehalten hätte. So plötzlich kam auch der Schlag und so völlig unerwartet, daß er gar nicht im stande gewesen war, ihn zu parieren oder ihm nur irgend auszuweichen; und ordentlich betäubt von dem Hieb sah er zu dem groben Menschen auf.

Dieser aber, ohne die geringste weitere Notiz von ihm zu nehmen, drehte sich ab und schritt so ruhig den Gang wieder hinunter, als ob er nur eine Fliege an der Wand totgeschlagen und nicht einen jungen lebhaften Mann bis in die innerste Seele hinein beleidigt hätte.

Fünftes Kapitel.

In der Spielhölle.

Fritz Wessel blieb so wohl fünf bis sechs Sekunden in seiner Stellung, denn bei etwas so völlig Unerwartetem geschieht es ja wohl öfter, daß uns Erstaunen und Überraschung für einen Moment wie mit einem Zauber gebannt halten.

Sein erster Gedanke war auch: „dieser verwünschte Doktor Raspe hat Dich wieder für einen ganz andern gehalten, und die Ohrfeige war irgend einem Mainzer Müller oder Meier zugedacht"; aber der Zorn gewann doch rasch bei ihm die Oberhand — die Behandlung war zu nichtswürdig und die Ohrfeige selber so heftig gewesen, daß er ordentlich fühlte, wie ihm die Wange anschwoll; ungestraft durfte der Doktor das auch nicht verübt haben. Mit dem Gedanken sprang er auch die letzte Stufe hinauf, die ihn noch von der oberen Etage trennte, um dem Frevler nachzueilen, als dicht vor ihm eine Thür aufgerissen wurde und ein Herr, in einem braunen Überrock eingeknöpft, dabei eine Brille auf und ein Buch in der Hand, auf den Gang und gegen den vermeintlichen Doktor selber ansprang.

„Was haben Sie hier draußen zu thun, Herr Hauptmann?" rief er diesen an. „Wissen Sie nicht, daß der General strenge Ordre gegeben hat, daß keiner der Herren Offiziere sein Quartier verlasse? — soll ich Sie zur Anzeige bringen?"

„Bitte tausendmal um Entschuldigung," sagte der Herr im Schlafrock, jetzt aber mit der demütigsten Miene von der Welt; — „ich war ganz in Gedanken gewesen, Herr Doktor!" —

Und damit schlüpfte er, wie froh, den weiteren Vorwürfen zu entgehen, in eine der Thüren hinein, die hier oben, gerade so wie in der ersten Etage, den Gang entlang lagen. Der Herr in dem braunen Rock bemerkte aber auch in diesem Augenblick den Fremden oder drehte sich jetzt wenigstens, wenn das schon früher geschehen war, gegen ihn.

„Was wünschen Sie und mit wem habe ich die Ehre?"

„Hab' ich das Vergnügen, Herrn Doktor Raspe vor mir zu sehen?" fragte Fritz, der sich vor allen Dingen erst einmal von der Identität des Mannes überzeugen wollte, dann sprach er nachher selber mit jenem Herrn Hauptmann, dessen Verhältnis zu dem Doktor er allerdings noch nicht recht begriff.

„Ich weiß nicht, ob ich Sie recht verstanden habe," sagte der Herr mit der Brille, „mein Name ist Doktor Aspelt — wünschen Sie mich zu sprechen?"

„Aspelt?" rief Fritz verdutzt; „zu Herrn Doktor Raspe wollte ich und der Droschkenkutscher fuhr mich vor dies Haus."

„Das ist dann eine einfache Verwechslung," erwiderte der Herr in dem braunen Rock kalt, — „Herr Doktor Raspe wohnt allerdings in der nämlichen Straße, aber etwa sechs oder sieben Häuser weiter unten an der entgegengesetzten Seite."

„Dann bitte ich allerdings um Entschuldigung, Sie gestört zu haben," sagte Fritz, eben nicht besonders erfreut darüber, — „ersuche Sie aber auch gleichzeitig um den Namen jenes Herrn, mit dem Sie sich da eben unterhielten, und möchte mit ihm, ehe ich das Haus wieder verlasse, ein paar Worte sprechen."

„Weshalb, wenn ich fragen darf?"

„Er hat mich auf die gröblichste Weise insultiert und ich möchte mir eine Erklärung von ihm ausbitten."

„Trafen Sie ihn hier an der Treppe?"

„Ja."

„Und er fragte Sie, ob Sie in Nürnberg gewesen wären?" sagte Doktor Aspelt.

Fritz kam es fast vor, als ob etwas wie ein Lächeln um seine Lippen zucke.

„Allerdings," erwiderte Fritz, die Brauen finster zusammenziehend, denn er dachte gar nicht daran, sich auch noch verhöhnen zu lassen; — „aber gleich darauf, ohne die geringste Veranlassung —"

„Sie verneinten die Frage?"

„Allerdings."

„Mein lieber Herr," erwiderte ihm jetzt der Doktor Aspelt, „ich muß Sie vor allen Dingen darauf aufmerksam machen, daß Sie hier aus Versehen in eine Privat-Irrenanstalt geraten sind und da zu meinem Bedauern einem meiner sonst allerdings ganz harmlosen Kranken begegneten."

„Eine Irrenanstalt?" rief Fritz fast erschreckt aus.

„Allerdings, und der Hauptmann — so vollkommen harmlos er sonst ist — hat die einzige Manie, jeden Menschen thätlich anzugreifen, der ihm ableugnet, daß er in Nürnberg gewesen wäre, weil er behauptet, das ganze Menschengeschlecht stamme von dort her. Mein Esel von Thorhüter hätte Sie auch darauf aufmerksam machen sollen. — Sie werden aber doch jetzt wahrscheinlich von dem Unglücklichen keine Genugthuung verlangen wollen!"

„Und die junge Dame in der ersten Etage?" sagte Fritz ganz verwirrt.

„Welche junge Dame?"

„Ein bildhübsches junges Mädchen, das aus der Thür zunächst der Treppe kam und mir zuflüsterte, das Haus so rasch als möglich zu fliehen."

„Meine arme Gräfin," sagte der Arzt, „sie wurde mit ihren Eltern in Italien von einer Räuberbande überfallen und dabei wahnsinnig. Meine weiblichen Kranken befinden sich alle in der ersten Etage."

„Und empfängt der Hauptmann alle Besucher auf diese Art?"

„Nein," lächelte der Doktor, „wenn sie ihm seine Frage bejahen, so ist er unendlich liebenswürdig mit ihnen, schüttelt ihnen die Hand und ladet sie auf nächsten Mittag zu einem großen Diner ein, das er schon seit drei Jahren zu geben beabsichtigt."

„Sehr angenehm," sagte Fritz, der sich doch ein wenig gekränkt fühlte, daß der Doktor die Sache so von der humoristischen Seite betrachtete; er verspürte aber auch keine besondere Lust, die Unterhaltung hier oben an der Treppe fortzusetzen. Von einem Verrückten konnte er überdies keine Erklärung verlangen. Das Unglück war einmal geschehen und

In der Spielhölle.

es blieb ihm jetzt nichts weiter übrig, als dies unheimliche Gebäude so rasch als möglich zu verlassen. „Sie entschuldigen, Herr Doktor," fuhr er kalt höflich fort, „daß ich Ihre wahrscheinlich kostbare Zeit so in Anspruch genommen habe."

„Bitte — hat nichts zu sagen — Herrn Doktor Raspe's Haus finden Sie schräg gegenüber, Nr. 32 glaub' ich."

„Ich danke Ihnen."

„Bitte, warten Sie einen Augenblick," sagte aber der Doktor, indem er auf eine kleine versteckte Feder drückte, wonach Fritz unten im Haus eine feine Klingel hörte; — „mein Thorwärter muß erst aufschließen, sonst könnten Sie in der ersten Etage noch Unannehmlichkeiten haben. Es befinden sich da einige Damen, die mit uns selber sehr harmlos verkehren, aber kein fremdes Gesicht leiden können."

„Ich danke Ihnen," sagte Fritz, „ich habe an der Begegnung vollkommen genug und werde das Andenken wohl ein paar Tage tragen müssen."

„Ich bedaure wirklich sehr," sagte der Doktor, während Fritz recht gut bemerkte, daß er sich die größte Mühe geben mußte, um sein heimliches Lachen zu verbeißen. Er hatte übrigens keine Lust, sich den spöttischen Blicken des Doktors länger auszusetzen; unten hörte er das Aufschließen der Thür und mit einem flüchtigen Gruß eilte er die Stufen hinab und hielt sich auch nicht einmal in der ersten Etage auf, über die er nur einen scheuen Blick warf, ob er dort nicht wieder einer oder der andern unheimlichen Erscheinung auszuweichen habe. Aber der Gang war vollständig leer und er eilte auch die andere Treppenabteilung hinab, wo er jedoch an der inneren Thür auf den langsam hinter ihm drein kommenden Schließer warten mußte.

Und wie wehe ihm seine Wange that! Er konnte ordentlich fühlen, daß sie von Minute zu Minute mehr anschwoll. — Der verfluchte Hauptmann mit seiner fixen Idee!

Der Schließer kam jetzt herunter, schielte aber, während

er aufschloß, mit einem ganz eigentümlichen Zug um den Mund, an dem jungen Mann vorbei. Fritz drehte ihm jedoch soviel als möglich seine rechte Wange zu, damit er die fatale Anschwellung an der linken nicht bemerken solle. Der Mann sagte auch nichts, ließ ihn in die Vorhalle und schloß dann die eigentliche Hausthür auf. Nur erst als er diese öffnete, und ehe Fritz hinaus konnte, fragte er mit einem eigenen trockenen Humor, indem er aber wieder nach einer ganz anderen Richtung hinsah:

„Sie waren wohl noch nicht in Nürnberg?"

„Gehen Sie zum Teufel!" rief aber auch jetzt der junge Maler, ärgerlich gemacht, indem er die Hausthür aufriß und auf die Straße hinauseilte. Was kümmerte es ihn, daß der tückische Bursche hinter ihm dreinlachte; — sein Taschentuch an die Wange haltend, eilte er die Straße wieder hinab, bis er einer Droschke begegnete und sich hineinwarf. Er fuhr auch direkt in das Hotel zurück, denn mit diesem Gesicht konnte er sich doch jetzt unmöglich bei Doktor Raspe und seinen beiden Töchtern sehen lassen — er durfte sich unter keiner Bedingung lächerlich machen.

„O mon Dieu!" sagte der deutsche Kellner, als er dort abstieg, — „Sie haben wohl Zahnweh?"

„Schändliches," erwiderte Fritz. „Ich war beim Zahnarzt. Apropos, wann geht der nächste Zug zu Thal?"

„Der nächste Zug? — Um halb zwei Uhr."

„Ich werde mit dem fahren; bitte um meine Rechnung."

„Wollen Sie nicht erst table d'hôte speisen!"

„Danke Ihnen; mit dem Gesicht? — Bitte machen Sie nur rasch!"

„Wie Sie befehlen."

„Und daß der Hausknecht meine Sachen herunter bringt."

„Ich werde ihn gleich rufen."

Eine halbe Stunde später saß Fritz Wessel wieder in eben nicht besonderer Laune drüben in der geräumigen Restauration

des Bahnhofs und wartete auf die Abfahrt des Zugs, der
ihn — gleichviel wohin — nur fort von Mainz bringen sollte,
um jetzt nicht etwa zufällig jenem verführerischen Wesen, der
Polin Olga, oder dem wirklichen Doktor Raspe und seinen
Töchtern zu begegnen. Er wäre allerdings am liebsten mit
einem Dampfboot gefahren; aber auf einem solchen war er
mit seiner dicken Wange den Blicken sämmtlicher Passagiere
ausgesetzt, während er sich in einem Eisenbahncoupé doch eher
in eine Ecke drücken und versteckt halten konnte — er wollte
nicht einmal das Mitleid seiner Reisegefährten rege machen.

Wohin er jetzt eigentlich fuhr, wußte er selber nicht; das
Beste war, erst einmal bis Koblenz Billet zu nehmen; von
dort konnte er nicht allein jeden Augenblick weiter, sondern
behielt auch Zeit, sich einen künftigen Reiseplan zu entwerfen.
Jedenfalls war er entschlossen, späterhin in einer fremden
Stadt nie wieder ein verschlossenes Haus zu betreten, ehe er
nicht vorher genaue Erkundigungen darüber eingezogen. Das
wenigstens sollte ihm nicht wieder passieren.

Der Zug rasselte bald darauf an dem schönen Rhein dahin und erreichte Koblenz noch am hellen Tag; aber Fritz ließ
sich, an Ort und Stelle endlich angekommen, in einem Hotel
zweiten Ranges ein Zimmer geben, trug einen fremden
Namen in das Fremdenbuch ein, und war fest entschlossen, hier
so lange incognito zu bleiben, bis er seine linke Wange wieder
zu ihrer Normalstärke zurück hätte. Er dachte gar nicht daran,
sich lästigen Fragen auszusetzen, denen er nur mit einer
Notlüge ausweichen durfte, denn die Wahrheit konnte er doch
sicherlich keinem Menschen sagen, er wäre sonst gewiß überall
ausgelacht worden. Unter seinen Empfehlungsbriefen fand er
allerdings auch einen nach Koblenz an den Major Buttenholt, einen alten Freund seines Vaters; aber der hatte Zeit.
Jetzt konnte er ihn doch nicht abgeben, denn aller Wahrscheinlichkeit nach fand er dort ebenfalls junge Damen im
Haus — er wußte ja doch, weshalb ihn sein Vater auf

Reisen geschickt, und solchen durfte er in seinem jetzigen Zustand am wenigsten begegnen. Ist doch der erste Eindruck, den ein Fremder auf uns macht, fast immer der allein maßgebende, und er durfte jetzt mit seiner schiefen Seite auf keinen günstigen rechnen.

Am nächsten Morgen hatte er allerdings die Genugthuung, zu sehen, daß sich die Geschwulst bedeutend gelegt habe, aber er mochte sich noch immer nicht auf der Straße oder selbst im Speisesaal blicken lassen, schützte deshalb Unwohlsein vor und blieb auf seinem Zimmer, ja ließ sich selbst das Essen dort hinaufbringen. Erst am dritten Tage schien auch die Wange wieder so weit gefallen, daß er selber vor dem Spiegel keine merkliche Erhöhung mehr entdecken konnte; die Stelle war nur noch ein wenig empfindlich; aber das gab sich ja jetzt auch mit jeder Stunde mehr und Fritz beschloß deshalb, Koblenz wieder zu verlassen, ohne irgend Jemand zu besuchen, ja ohne sich nur die Stadt selbst anzusehen, und lieber einmal nach einem der Badeorte hinüber zu fahren.

Seiner Karte nach war Ems das nächste Bad, und da er ohnehin schon so viel von der Schönheit des Lahnthales gehört, so brachte er diesen Entschluß auch rasch zur Ausführung.

Die Fahrt ging rasch von statten und Fritz erstaunte wirklich, als er Ems endlich erreichte und sich plötzlich von solchen Schwärmen geputzter Menschen umgeben sah, daß er eigentlich gar nicht begriff, wie sie alle in dem verhältnismäßig kleinen Ort ein Unterkommen gefunden hätten. Er mußte es übrigens auch an sich erfahren, daß es gar nicht so leicht mehr sei, ein Logis zu bekommen; denn er fuhr in einer Droschke wohl über eine Stunde von einem Hotel zum andern und erhielt überall die Antwort: Es sei jetzt mitten in der Saison, und wenn er ein Zimmer hinten hinaus, vier Treppen hoch haben wolle, so könne man ihm vielleicht willfahren — sonst bedauere man sehr. Die Kellner hielten sich dabei nicht einmal besonders lange mit ihm auf, gaben ihm nur Antwort und schlenderten dann jedes Mal mit ihrer Serviette unter dem Arm in das Hotel zurück, es dem Fremden überlassend, ob er noch bei ihnen einkehren wolle oder nicht.

Fritz fand endlich noch in Balzer's Hotel ein zufällig gerade frei gewordenes, sehr freundliches Zimmer in der zweiten Etage, kleidete sich dort um und schlenderte dann langsam und jetzt mit einbrechender Nacht über die Brücke hinüber dem Kurhaus zu, um sich dort das eigentliche Leben und Treiben des Ortes ganz in der Nähe in aller Ruhe zu betrachten.

Natürlich war die Spielhölle der Ort, um welchen sich das ganze Leben drehte, und in der That gab es auch in Ems keinen andern Platz, weder am rechten noch linken Ufer der Lahn, wo man hätte gemütlich seinen Abend verbringen können.

Nun wurde allerdings kein Mensch zum Spiel gezwungen; der Eintritt in die Säle und Lesezimmer war vollkommen frei, Musik gab es ebenfalls und man konnte dort tanzen, plaudern, spazieren gehen oder sich sonst amüsieren, wie man wollte. Die Entrepreneurs rechneten aber auf eine andere Musik, die ihnen ihre Opfer zuführte — den Klang des Goldes, der aus den Spielsälen heraustönte und die Besucher erst in Neugier, dann in Habgier heranzog, und sie verrechneten sich wahrlich nicht dabei. Der Zudrang zu den besonderen Spielsälen war ein ganz enormer, und nicht allein Herren beteiligten sich an dem Spiel, sondern auch eine Menge von Damen.

Fritz, der ebenfalls gleich das Rouge et Noir aufsuchte, amüsierte sich — da er selber grundsätzlich nicht spielte — ganz besonders damit, diese verschiedenen Nuancen der Damenwelt zu studieren und beschloß sogar, an einem der nächsten Abende sein kleines Skizzenbuch mit herüber zu bringen, um ein paar Studien zu machen, so weit das nämlich, ohne aufzufallen, geschehen konnte — und wahrlich, Stoff dazu gab es hier, besonders unter der „schönen Welt", im Überfluß.

Am Tisch selber saßen vier „Damen", wenn man solche

Frauenzimmer eben mit einem solchen Namen belegen kann. Es waren aufgeputzte, verlebte Gesichter — eine junge, üppig gebaute Person ausgenommen, die sehr dekolletiert und auffallend mit Schmuck behangen, nachlässig mit Napoleond'ors spielte und jedenfalls von der Bank selber engagiert war, um als Lockvogel zu dienen, denn um sie her drängten eine Anzahl von jungen Herren und — wie Fritz zu seiner Genugthuung bemerkte — lauter Franzosen, mit einem oder zwei Russen dazwischen.

Wahrhaft empörend war es dabei, die scheinbare Gleichgiltigkeit zu beobachten, mit welcher die geputzten und wahrscheinlich auch bemalten Megären das Spiel betrieben und mit welcher heimlichen Gier sie doch auch wieder gewonnenes Gold einstrichen und dann die gefallenen Chancen auf kleinen, neben ihnen liegenden Tafeln notierten. Ob sie vornehmen Familien angehörten? — es ließ sich nicht gut bestimmen, denn die Leidenschaft des Spiels hatte jeden Adel aus ihren Zügen gewischt und nur dafür den Stempel der Frechheit und Habgier darauf zurückgelassen.

An der anderen Seite standen zwei Damen und pointierten, aber sie schienen sich selber nicht wohl in der Gesellschaft zu fühlen; sie hatten noch nicht alle Scham verloren und ihre Züge verrieten — was bei einer echten Spielerin nie der Fall sein darf — wenn sie gewannen, Freude, wenn sie verloren, Enttäuschung.

Um den Tisch bewegte sich die haute volée, und da geschah es denn nicht selten, daß irgend ein reizendes junges Frauchen, am Arm eines sehr vornehm aussehenden Herrn diesem ein paar Worte errötend zuflüsterte, die er dann mit lächelndem Kopfnicken bejahte, worauf er auch direkt mit ihr zum Tisch trat. Die junge Frau legte dann schüchtern, nachdem sie unschlüssig den Tisch überschaut, einen Doppelthaler oder Louisd'or auf irgend eine Marke, und wenn sie verlor, sah sie erst gar so lieb erschreckt aus und lachte dann selber

In der Spielhölle.

herzlich über ihr Unglück, und wenn sie gewann, wollte sie das Geld erst gar nicht nehmen, das ihr der Gatte ordentlich aufdrängen mußte, der dann lachend und plaudernd weiter mit ihr durch die Säle schritt.

Fritz hatte sich diesen verschiedenen, ihn umschwärmenden Charakteren so mit ganzer Aufmerksamkeit hingegeben, daß er gar nicht bemerkte, wie er selber von verschiedenen Personen beobachtet wurde, und daß sich dann mehrere etwas leise zuflüsterten und ihn immer wieder ansahen. Erst als auch die am Tisch Befindlichen davon angesteckt wurden und selbst vom Spiel weg ihn mit Lorgnetten und Operngucker betrachteten, fing er an Notiz davon zu nehmen und sah sich jetzt in seiner Nachbarschaft um, ob sich dort vielleicht irgend eine auffallende Persönlichkeit befände, die man so allgemein in's Auge gefaßt habe. Er konnte aber nichts Derartiges entdecken, ja er stand an der Stelle, wo er sich gerade befand, fast ganz allein und nur ein alter, sehr ehrwürdig aussehender Herr war noch in seiner Nähe, der aber, wie er jetzt erst entdeckte, eine Art von Livrée trug und also jedenfalls mit in den Spielsalon gehörte.

Was zum Henker war das nun wieder? Trug er, ohne es zu wissen, etwas Auffallendes oder Unordentliches an seiner Kleidung? Er betrachtete sich, soweit das ohne sich lächerlich zu machen geschehen konnte, von oben bis unten, konnte aber nicht das Geringste endecken, und dabei wurde das Zischeln immer stärker; ja der alte Herr, der die obere Leitung der Bank zu haben schien, unterhielt sich sogar, den Blick fest auf ihn geheftet, mit einem der Croupiers und dieser winkte dann einen Diener heran, mit dem er etwas flüsterte und dem er jedenfalls einen Auftrag gab. Der Diener nickte wenigstens zustimmend, zum Zeichen, daß er es verstanden, und zog sich dann nach der Thür zurück, durch welche er verschwand. Es dauerte aber keine zehn Minuten, als er mit ein paar anderen Dienern wieder zurückkehrte und diesen — Fritz behielt ihn scharf im Auge — ganz unverkennbar seine Person bezeichnete. Die beiden Leute kamen auch langsam heran; aber als unser junger Freund schon hoffte, daß er nun irgend eine Aufklärung erhalten würde, blieben sie nur, scheinbar dem Spiel zusehend, in seiner Nähe stehen, und fast aller Augen beobachteten ihn jetzt, wahrscheinlich um zu sehen, wie er sich dabei benehmen würde. Ja aus den nächsten Sälen drängten verschiedene Gruppen Neugieriger herzu, die sich unverkennbar seine Person bezeichnen ließen und ihn dann auf die unverschämteste Art anstarrten.

Das war ihm denn doch zuletzt außer dem Spaß, und während ihm das Blut voll in die Schläfe stieg und er ordentlich fühlte, wie er über und über rot wurde, fixierte er einige der ihn anstarrenden Personen fest und entschlossen, um nur erst einmal an irgend jemand einen bestimmten Halt zu bekommen — aber das gelang ihm nicht. Die er selber fest anschaute, sahen jedesmal zur Seite; und doch wußte er, daß aller anderen Blicke an ihm hingen, und endlich müde, das Ziel einer solchen unerträglichen Aufmerksamkeit zu sein, wandte er sich ab und schritt in den nächsten Saal hinein. Man machte ihm dabei auch höflich, sogar bereitwilliger als jemand anderem, Platz und da der Menschenschwarm im Spielsaal blieb, glaubte er sich schon jeder lästigen Aufmerksamkeit entzogen zu haben. Ein Blick zurück genügte aber, ihn zu überzeugen, daß ihm die beiden Diener folgten; und wenn sie auch gar nicht so thaten, als ob sie von ihm die geringste Notiz nähmen, ließen sie ihn doch keinenfalls aus den Augen.

Er ging in den großen Saal, in welchem überall Gruppen geputzter Herren und Damen saßen und standen oder plaudernd auf und ab gingen; die Diener hielten sich, wenn auch in einiger Entfernung, neben ihm. Er betrat das Lesezimmer und warf sich, irgend ein Journal aufgreifend, in einen der Fauteuils. Einer der Diener kam ebenfalls herein, fing an, den Tisch abzuwischen, und machte sich so lange eine Beschäftigung darin, bis er wieder aufstand und den Platz ver-

ließ. Er betrat jetzt die Restauration, aber nicht mit besserem Erfolg; ja, es war augenscheinlich, daß die ihn Verfolgenden dem Restaurateur etwas über ihn zuflüsterten, wonach sich die Kellner einander in die Ohren zischelten und dann ebenfalls jede seiner Bewegungen auf das schärfste beobachteten.

Er ließ sich ein Glas Grog geben, zahlte einen unverschämten Preis dafür und hatte nachher noch die Genugthuung, daß sie den Thaler, den er ihnen hinwarf, auf das mißtrauischste untersuchten, klingen und aufspringen ließen und ihn einander zeigten.

„Glauben Sie, daß ich Ihnen falsches Geld geben werde?" rief er endlich ärgerlich.

„Lieber Gott," sagte achselzuckend der Oberkellner, „es gibt so viel falsches."

„Wollen Sie mir darauf herausgeben oder nicht?"

„Mit dem größten Vergnügen," erwiderte der Bursche.

Fritz verspürte jetzt aber nicht die geringste Lust mehr, sich auch nur einen Moment länger in dem Gebäude aufzuhalten; er schob das zurückerhaltene Geld, ohne es zu zählen, in die Tasche und verließ gleich darauf den Kursaal, um nach Hause zurückzukehren. Er war auch fest entschlossen, morgen mit dem ersten Frühzug Ems wieder zu verlassen. Zu Hause aber stand ihm noch eine Überraschung bevor.

Wie er oben an sein Zimmer kam, fand er dort, mit der größten Geduld seiner harrend, zwei Polizeidiener, die ihn, wie er nur den Schlüssel in die Thür steckte, nach seinem Namen fragten und ihn dann baten, seinen Koffer zu öffnen.

„Was zum Teufel ist das nun wieder!" rief Fritz, jetzt wirklich ärgerlich gemacht, aus, — „für wen halten Sie mich?"

„Ist noch schwer zu beurteilen," sagte der eine mit einem eigentümlichen Humor, — „bis wir erst einmal Ihren Koffer gesehen haben."

„Aber wer gibt Ihnen das Recht?"

„Bitte, wir sind von der Polizei," sagte der Mann wieder, „und die Polizei hat immer recht."

„Nun denn, in des Bösen Namen, meinetwegen," sagte Fritz in einer wahrhaft verzweifelten Laune, — „vorher aber sagen Sie mir, in wessen Auftrag Sie handeln."

„Mit dem größten Vergnügen," erwiderte der Beamte; „im Auftrag des Herrn Polizeidirektors. Machen Sie nur weiter keine Schwierigkeiten, denn es hilft Ihnen nichts und kann Ihre Sache blos verschlimmern."

Fritz fühlte, daß der Mann recht hatte, und ohne sich also weiter zu sträuben, öffnete er, sich seiner Unschuld irgend welchem Verdacht gegenüber vollständig bewußt, seinen Koffer, setzte die beiden angezündeten Lichter daneben auf einen Tisch und warf sich dann selber in den nächsten Lehnstuhl, um in aller Ruhe zuzusehen. Er fing an, die Sache von der humoristischen Seite zu betrachten, und nur als er merkte, daß die Hausleute draußen aufmerksam geworden waren und heraufdrängten, stand er noch einmal auf, schloß die Thür und riegelte sie von innen zu. Die neugierige Bande brauchte wenigstens nicht zu wissen, was hier innen vorging, oder gar Zeuge zu sein.

Die Polizeibeamten hielten sich nicht lange bei der Vorrede auf; sie wußten genau, was sie und wie sie es zu thun hatten, und sobald der Koffer geöffnet war, begannen sie ihre genaue Durchforschung desselben, aber allerdings ohne den geringsten Erfolg. Denn es fand sich, außer den Zeichen- und Malergerätschaften, nicht das Geringste, was nicht in dem Koffer eines jeden andern Reisenden ebenfalls gefunden werden konnte. Sie waren augenscheinlich in Verlegenheit, denn es gibt für Polizeidiener nichts Fataleres, als jemanden für einen ehrlichen Mann halten zu müssen, den der Polizeidirektor im Verdacht hat, gerade das Gegenteil zu sein.

Es blieb ihnen aber endlich nichts anderes übrig und nur nach der Legitimation des Reisenden fragten sie zuletzt noch,

In der Spielhölle.

die Fritz in vollgültigster Weise nicht allein in seiner Paßkarte, sondern auch in einem Kreditbrief bei sich hatte.

„Und sonst führen Sie kein Gepäck bei sich?"

„Ja — meine Zeichenmappe dort! Wünschen Sie die vielleicht auch zu untersuchen, ob Sie silberne Löffel oder vielleicht einen aus einer Kirche gestohlenen Kelch darin entdecken?"

Der Polizeidiener warf einen verzweifelten Blick nach der dünnen Mappe hinüber.

„Dort liegt auch mein Stock und Regenschirm."

„Bitte, ist nicht nötig," sagte der Mann, „wünsche Ihnen einen recht vergnügten Abend."

„Danke Ihnen, gleichfalls!" erwiderte Fritz, indem er die Thür wieder aufriegelte, was den beiden Beamten auch als ein Zeichen gelten konnte, daß sie jetzt machen sollten, fortzukommen.

Draußen auf der Treppe wurden Stimmen laut — es waren jedenfalls Inwohner des Hotels, die nach Hause kamen und von den Dienstboten erfragt hatten, was hier oben vorgehe, denn Fritz unterschied deutlich die Worte: „Spitzbuben in Verdacht — Koffer durchsuchen." — Das hatte noch gefehlt; aber was kümmerte ihn das fremde Volk! was hatte er mit ihnen zu thun! und noch heute Abend um zehn Uhr — denn jetzt blieb er keine Viertelstunde mehr in Ems — konnte er nach Koblenz zurückfahren.

Der eine Polizeidiener hatte sein Brillenfutteral in der Stube liegen lassen — er hielt ihm die Thüre offen, um gleich einen der Dienstboten herbeizurufen und seine Rechnung zu verlangen. Es kam jemand die Treppe herauf. Gerade als der Polizeidiener sein Zimmer verließ, betrat, von dem Licht der Lampe hell erleuchtet, eine Dame den oberen Teil der Treppe und Fritz sah sie, wirklich starr vor Schrecken, an — es war Olga. In aller Verlegenheit grüßte er sie auch noch; sie dankte ihm aber gar nicht, ließ nur ihren Blick halb ver=

ächtlich), halb stolz von ihm nach den Polizeidienern gleiten, wandte sich dann ab und schritt über den Gang hinüber, ihrem eigenen Zimmer zu.

Fritz bemerkte wohl, daß ihr die alte Dame wahrscheinlich mit ihrem Gemahl noch folgte, aber er hatte wahrlich keine Lust, auch diese abzuwarten; und die Thüre zuwerfend, riß er nur hastig an der Klingel, erklärte dem blitzschnell herbei= eilenden Dienstmädchen, daß sie ihm die Rechnung und eine Droschke besorgen solle, da er mit dem nächsten Zug nach Koblenz fahre, und packte dann, fast sprachlos vor innerem Grimm, seinen durcheinander gewühlten Koffer wieder zurecht.

Sechstes Kapitel.
Im Hotel.

Fritz war nun allerdings noch einen Moment unschlüssig, ob er nicht doch am Ende lieber, ehe er Ems verließ, einmal auf die Polizei gehen und eine Erklärung dieses unwürdigen Verdachts — wenigstens eine Ursache erfragen solle; aber er überlegte es sich anders. Es war ja doch weiter nichts als sein altes Elend; eine Verwechslung mit irgend einem unglück= seligen Menschenkind, das ihm, oder dem er ähnlich sah. Was half es ihm also, sich deshalb hier noch aufzuhalten? er würde nur erfahren haben, daß ein gewisser Schultze oder Schmidt in dem Verdacht stehe, gewisse Gegenstände gestohlen zu haben, und daß man ihn — einer auffallenden Ähnlichkeit wegen — dafür gehalten habe. Den Verdruß wollte er sich doch wenigstens ersparen; und kaum eine halbe Stunde später saß er schon wieder in einem Coupé der Eisenbahn, das ihn den kaum erst gemachten Weg nach Koblenz zurückführte.

Dort hielt er sich, und zwar in einem andern Hotel, aber

nur die Nacht auf, denn Passagiere zwischen dieser Stadt und Ems wechselten fortwährend hinüber und herüber, und er wollte sich nicht der Unannehmlichkeit aussetzen, wieder mit einem von denen zusammenzutreffen, die ihn dort gesehen und
5 — nach allem Vorhergegangenen — natürlich für ein schlechtes Subject halten mußten. Und Olga? — Bah, sie war doch nichts weiter als eine Kokette, und noch dazu von der schlimmsten Art; was kümmerte sie ihn! und doch gab es ihm einen Stich durch's Herz, wenn er an den einen Blick dachte, den
10 sie ihm zugeworfen, als sie in dem Hotel da drüben an ihm vorüberging und die Polizeidiener sah, die aus seiner Stube kamen. Was mußte sie von ihm denken? Und glich seine plötzliche Abreise nicht weit eher einer Flucht als einem guten Gewissen?
15 Aber das alles ließ sich jetzt nicht mehr ändern; es war eben geschehen und ihm blieb die einzige Hoffnung, dem schönen, verführerischen Wesen im Leben nicht mehr zu begegnen.

In Koblenz übernachtete er nur, und zwar diesmal unter
20 seinem richtigen Namen, denn durch das letzte Abenteuer war er doch etwas mißtrauisch geworden; die Polizei sollte wenigstens keinen Haken an ihm bekommen. Mit dem ersten Morgenzug fuhr er dann nach Köln weiter und gedachte dort etwa vierzehn Tage zu verbringen. Köln war auch der Mühe
25 wert und für ihn als Künstler eine wahre Fundgrube alles Schönen. Die kurze Zeit verging ihm dort gewiß wie ein Traum und es blieb ihm nachher noch Muße genug, seine weiteren Pläne für die Fortsetzung der Reise festzustellen.

Er stieg dort auch ohne weiteres im N'schen Hofe ab,
30 von wo er den ganzen schönen Rhein vor sich hatte, und beschloß dann, ehe er seinen mitgebrachten Brief an den Kanzleirat Bruno abgab, jedenfalls erst einmal ungestört ein paar Tage lang die Stadt zu durchstreifen und zu sehen, was zu sehen wäre; denn hatte er sich erst einmal an eine Familie

gebunden, dann kamen die für beide Teile läſtigen Einladungen und neue Bekanntſchaften, und mit ſeinem freien Leben hatte es ein Ende.

Den Tag ſchlenderte er auch, eigentlich ziellos, aber mit innigem Behagen in der altertümlich gebauten Stadt umher, beſah ſich den Dom, die Apoſtelkirche und noch einige andere jener herrlichen Baudenkmale, von denen das alte Köln erfüllt iſt, und kam den Abend, wirklich recht innig vergnügt und zufrieden in ſein Hotel zurück, um dort nun bei einem guten Souper und einer beſſern Flaſche Wein die Belohnung für ſeine heutigen Anſtrengungen zu ſuchen.

Während er noch unten im Speiſeſaal vor einer delikaten Portion friſchen Rheinlachſes ſaß, legte ihm der Oberkellner das Fremdenbuch vor, in das er, wie er es ſich ſchon vorgenommen, ſeinen eigenen Namen ſchrieb: Friedrich Weſſel, Maler aus Haßburg; dann aber überflog er die ſchon ziemlich gefüllte Seite mit dem Blick, um zu ſehen, wer etwa noch mit ihm in den letzten Tagen in dem nämlichen Hotel eingekehrt ſei, blieb aber ſchon bei dem erſten Namen, mit dem Biſſen im Mund, vor Verwunderung ſitzen, denn dicht über ſeinem eigenen, eben autographierten „Friedrich Weſſel" ſtand: Friedrich Raspe, Dr. med. aus Mainz, mit Familie; Zimmer Nummer 35.

Das war doch wirklich ein eigentümliches Zuſammentreffen, daß er jetzt, noch dazu Thür an Thür, in demſelben Hotel mit dem Doktor und wahrſcheinlich auch ſeinen beiden Töchtern zu wohnen kam und eigentlich faſt, als ob es ſo ſein ſollte. Er hatte das Begegnen nicht geſucht, oder wenn auch, nach dem einen verunglückten Verſuch in Mainz augenblicklich wieder aufgegeben; jetzt ſetzte ihn das wunderliche Schickſal nebenan in die Stube hinein, und dieſen Wink durfte er natürlich nicht verſäumen; er war in der That zu deutlich.

Unwillkürlich griff er ſich aber auch mit der Hand an das Kinn, denn er hatte die Abſicht gehabt, ſich einen Bart ſtehen

zu lassen, und deshalb seit seinem Abenteuer in Mainz kein Rasirmesser wieder an sein Kinn gebracht; er mußte schauerlich aussehen, und jetzt erst fiel es ihm auf, daß eine Menge von Gästen, Herren und Damen, unten in dem prachtvoll
5 erleuchteten und dekorierten Speisesaal saßen und aller Wahrscheinlichkeit nach Dr. Raspe mit seinen beiden liebenswürdigen Töchtern sich mitten unter ihnen, ja vielleicht ganz in seiner Nähe befand. Er ließ jetzt auch vorsichtig forschend den Blick umherschweifen, ob er vielleicht irgendwo ähnliche
10 Persönlichkeiten entdecken könne; aber das war schwer, denn die meisten saßen an einer langen Tafel, so daß man die einzelnen Partien nicht gut von einander kennen konnte. Aber eine Menge von jungen Damen und alten Herren waren dazwischen und Fritz zerbrach sich bei Verschiedenen so lange
15 den Kopf, um herauszubekommen, ob es Mann und Frau oder Vater und Tochter sein könne, bis sein noch nicht halb verzehrter Lachs vollkommen kalt und sein Wein warm geworden war, und doch kam er zu keinem Resultat.

Dicht hinter sich hörte er da plötzlich Stimmen.
20 „Wohin wollen wir uns denn setzen, Papa?" sagte eine junge Dame, eine reizende Blondine, wie er bemerkte, als er rasch den Kopf dahin drehte.

„Ja, mein liebes Kind," erwiderte ein ältlicher Herr, der sie begleitete; — „hier ist überall noch Platz — am liebsten
25 an einen Ort, wo man nicht dem ewigen Zug der auf- und zugehenden Thüre ausgesetzt ist; — wo steckt denn Rosa?"

„Sie kommt gleich nach, Papa," antwortete die jugendliche Stimme wieder, und Fritz gab es einen ordentlichen Stich durch's Herz, denn das mußte also Viola sein.
30 Sonderbar! er hatte sie sich ganz anders gedacht: mit dunkelbraunen Haaren und Augen und einer griechischen Nase, und diese Viola hatte eigentlich ein zwar sehr niedliches, aber auch keckes Stumpfnäschen.

„Junge Mädchen sollten eigentlich erst nach dem sechzehnten Jahre getauft werden," dachte er leise vor sich hin, „es wäre viel zweckmäßiger und würde später eine Menge von Mißverständnissen verhindern. Diese junge Dame da würde ich zum Beispiel nicht Viola, sondern Klärchen genannt haben, oder Blondine oder am Ende noch besser Eva — wahrhaftig Eva wäre der richtige Name — macht sich gar nichts aus der verbotenen Frucht und bringt den armen Adam mit ihrem kecken Stumpfnäschen noch ebenfalls in die Patsche. Jetzt bin ich nur neugierig auf die Rosa, die doch jedenfalls auch gleich erscheinen muß."

Doktor Raspe (denn Fritz zweifelte keinen Augenblick, daß es der alte Freund seines Vaters sei), hatte indessen einen ihm passend erscheinenden Platz gefunden und sich daran mit seiner Tochter niedergelassen; sie saßen aber zu weit von ihm ab, als daß Fritz hätte etwas von ihrer Unterhaltung verstehen können. Außerdem richtete er auch jetzt seine ganze Aufmerksamkeit der Thür zu, durch welche die erwartete Rosa eintreten sollte. Jetzt kam sie; aber Fritz erschrak ordentlich, denn einen so schlechten Geschmack hätte er seinem Freund Claus doch nicht zugetraut — das war doch keine Schönheit? Vollkommen rote Haare hatte sie, wenn auch von seltener Üppigkeit, dabei allerdings einen blütenweißen Teint, aber auch eine etwas hohe Schulter und eine noch viel entschiedener ausgeprägte Stulpnase als ihre Schwester. Man konnte trotzdem nicht sagen, daß sie häßlich sei, es lag etwas Gutes und Freundliches in ihrem Gesicht; aber auf S c h ö n h e i t durfte sie wahrhaftig keinen Anspruch machen, und er beneidete Claus nicht im geringsten um seine Wahl. Viola dagegen war ein reizendes Wesen und er beschloß, unter jeder Bedingung ihre Bekanntschaft zu machen.

Aber mit dem Bart ging das unmöglich an — vorher mußte er sich jedenfalls rasieren; und dann morgen früh erst? — wenn er nun gleich hinauf auf seine Stube ginge? — es war höchstens 8 Uhr und in einer Viertelstunde konnte er

Im Hotel.

wieder unten sein. „Frisch gewagt ist halb gewonnen!" und ohne sich einen Moment länger zu besinnen, stand er auf und ging in sein Zimmer hinauf, um die notwendige Operation vorzunehmen. Wenn er sich einen Bart stehen lassen wollte,
5 konnte er ja immerhin noch ein paar Tage damit warten.

Das war rasch geschehen — heißes Wasser brachte ihm der Kellner — und in unglaublich kurzer Zeit, wenn man nämlich bedenkt, wie lange er unter gewöhnlichen Umständen brauchte, um seine Toilette zu machen, war er wieder so weit,
10 um sich tadellos vor den Damen sehen lassen zu können.

Die Familie befand sich noch unten bei Tisch. Der alte Herr bearbeitete eine Kalbskotelette und die beiden Damen hatten sich jede ein halbes Huhn geben lassen, wozu der Doktor eine Flasche Wein trank. Fritz nahm zuerst seinen vorigen
15 Platz wieder ein und ärgerte sich eigentlich, daß die „kleine Familie" auch nicht einen Blick zu ihm herüberwarf; sie that gar nicht, als ob er überhaupt auf der Welt wäre und die beiden Mädchen besonders kicherten und plauderten fortwährend mit einander, ohne die mindeste Notiz von ihrem
20 Nachbar zu nehmen.

„Hm," dachte Fritz da endlich und lächelte dabei still vor sich hin; „dann werde ich die Herrschaften einmal überraschen und mich ruhig an ihren Tisch setzen, als ob ich zu ihnen gehörte. Wenn mir der alte Herr nachher nicht glaubt, wer
25 ich bin, gebe ich meinen Brief ab und das wird ihn schon herumbringen!" — Er fühlte in die Seitentasche, der Brief stak dort, und ohne sich länger zu besinnen, stand er von seinem Stuhl auf, brachte seine Locken noch ein wenig in Ordnung, trat dann hinüber, zog sich einen dort stehenden Stuhl heran,
30 sagte mit seiner freundlichsten Miene: „Guten Abend, meine Herrschaften!" — und nahm dicht neben Viola, die schnell und fast wie erschreckt zu ihm aufsah, seinen Platz ein.

Der Vater der beiden jungen Damen ließ erstaunt den Kotelettenknochen sinken, an dem er gerade in aller Behaglichkeit kaute; Rosa sah ihn ebenfalls überrascht und wie fragend an, denn es war allerdings etwas Ungewöhnliches, daß sich ein Fremder — wo es sonst nicht an Platz fehlte, da noch mehrere kleine Tische ganz unbesetzt standen — bei völlig unbekannten Damen auf diese Weise einbürgern wollte. Fritz wußte auch genau, was sie jetzt über ihn dachten: daß diese Unverschämtheit doch ein wenig weit ging, und ergötzte sich einen Moment in dem Gefühl; er durfte es aber nicht zu weit treiben, und als er etwa glauben mochte, genügenden Effekt hervorgebracht zu haben, sagte er freundlich:

„Sie kennen mich wohl alle nicht mehr?"

„Habe in der That nicht die Ehre," sagte der alte Herr, ihn aber doch genauer betrachtend.

„Die jungen Damen auch nicht?"

„Ich muß bedauern," flüsterte Rosa, während Viola nur mit Mühe ein Lächeln bezwang, das schon in ein paar ganz allerliebsten Grübchen auszubrechen drohte.

„So?" nickte Fritz stillvergnügt vor sich hin, daß ihm die Überraschung so vollständig gelungen war. „Sie erinnern sich also auch wohl nicht mehr auf einen jungen wilden Burschen in den Flegeljahren, der sich bei Ihrem letzten Besuch in Haßburg vielleicht eben nicht vorteilhaft ausgezeichnet hat?"

„Ich weiß nicht, mein verehrter Herr" — sagte der Alte mit einem trockenen Humor — „in wie weit Sie die letzte Andeutung auf sich selber beziehen, kann Ihnen aber die Versicherung geben, daß Sie, als ich zum letzten Mal in Haßburg war — wenn Sie sich überhaupt schon auf der Welt befanden — wohl kaum noch in diese Blüte der Mannbarkeit eingetreten waren, denn das sind jetzt dreißig Jahre her; meine Töchter aber haben Haßburg noch nie besucht."

„Nie besucht?" rief Fritz jetzt wirklich verdutzt. — „Habe ich denn nicht das Vergnügen, Herrn Doktor Raspe nebst Familie vor mir zu sehen?"

„Das haben Sie allerdings nicht," erwiderte der alte

Im Hotel.

Herr wieder, während die beiden jungen Damen jetzt zusammen kicherten. — „Ich bin der Archivrat Homberg aus Gießen."
„Archivrat Homberg?" stammelte Fritz in peinlichster Verlegenheit. „Aber im Fremdenbuch — Sie entschuldigen — ich glaubte so sicher, daß ich das Vergnügen hätte, Herrn Doktor Raspe in Ihnen zu begrüßen, da auch die Namen Ihrer beiden Fräulein Töchter —"
„Meine beiden Töchter?"
„Fräulein Rosa und Viola."
„Sie scheinen vollkommen konfus geworden zu sein, verehrter Herr," sagte der Archivrat trocken. — „Rosa ist meine Frau und Henriette dort meine Tochter."

Henriette konnte sich jetzt nicht länger halten; sie kicherte gerade hinaus, und nur die Frau Archivrätin schien sich in etwas geschmeichelt zu fühlen, daß sie der Fremde noch für eine „Tochter" gehalten hatte.

Fritz aber, sich in aller Verlegenheit von seinem Stuhl erhebend, stammelte:

„Dann muß ich allerdings Ihre Verzeihung nachsuchen, Sie in unverantwortlicher Weise belästigt zu haben."

„Bitte," sagte der alte Herr, „ein Mißverständnis ist wohl leicht zu entschuldigen. Mit wem habe ich die Ehre?"

„Friedrich Wessel, Porträtmaler."

„Sehr angenehm," erwiderte der Archivrat, merkwürdig kurz, und setzte sich so rasch wieder zu seinen Kotelettes nieder, daß Fritz gar nichts anderes übrig blieb, als sich mit einer ehrfurchtsvollen Verbeugung gegen die Damen zurückzuziehen. Er verließ aber auch augenblicklich den Saal, denn daß er nach diesem faux pas nicht länger neben der Familie des Archivrats aushalten konnte, verstand sich von selbst. In seinem Zimmer angekommen, beschloß er auch, ohne weiteres zu Bett zu gehen; der Tag heute eignete sich nicht zu weiteren Unternehmungen und er hoffte, morgen jedenfalls mehr Glück zu haben.

Schon im Bett überlegte er sich noch einmal die Vorgänge des heutigen Abends und kam dann zu dem Resultat, daß es ihm eigentlich angenehm sei, sich in der Familie geirrt zu haben. Henriette sah ganz anders aus, als er sich Viola gedacht — von Rosa gar nicht zu reden — und der Archivrat — was der Mann für einen malitiözen Zug um den Mund hatte und wie sonderbar er ihn fortwährend angesehen! er gefiel ihm gar nicht. Aber morgen mußte er nun jedenfalls den wirklichen Doktor Raspe aufsuchen, mit dem er ja Stube an Stube wohnen sollte.

Um ganz sicher zu sein, fragte er den Kellner, der ihm den Kaffee brachte, wer hier neben ihm logiere, und erhielt dann wirklich die Bestätigung seiner gestrigen Entdeckung: Herr Dr. Raspe mit zwei Töchtern auf der einen und ein Weinhändler aus Bingen auf der anderen Seite. So weit war alles in Ordnung und er konnte nur den Damen natürlicherweise seinen Besuch nicht so früh abstatten, sondern mußte doch wenigstens bis elf Uhr warten, ehe er sich anmelden ließ oder sich selber einführte; er war darüber noch nicht mit sich einig. Die Zwischenzeit mochte er indessen benutzen, um noch ein wenig am Rhein auf und ab zu schlendern.

Wie er hinunter in das Hotel kam, hörte er die heftige Stimme eines der Kellner oder des Wirts und eine bittende Frauenstimme dazwischen; und als er, neugierig geworden, hinzutrat, um wenigstens zu sehen, was es dort gebe, bemerkte er eine junge, sehr einfach, aber sauber gekleidete Dame, deren Gesicht ihm merkwürdiger Weise bekannt vorkam, die sich schüchtern und mit großen Thränen in den Augen gegen den ihr unverschämt gegenüberstehenden Oberkellner verteidigte.

„Was geht denn hier vor?" fragte Fritz, dem das arme junge Wesen leid that.

„O, nichts Ungewöhnliches hier am Rhein," bemerkte die Oberserviette hochmütig, — „hier die Mamsell hat sich im Hotel unter dem Vorgeben, eine Herrschaft zu erwarten, schon ein paar Tage eingeschmuggelt und thut dabei auch noch vornehm und hochnasig; aber ich bin dahinter gekommen und wenn sie jetzt nicht bezahlen kann, soll uns die Polizei schon zu unserem Geld verhelfen."

Die junge Dame hatte indessen, ihre Thränen aus den Augen wischend, Fritz aufmerksam und überrascht angesehen; jetzt sagte sie plötzlich:

„Der Herr kennt mich; er kann bezeugen, daß ich die Wahrheit gesprochen."

Fritz sah sie erstaunt an, und wieder fiel es ihm auf, daß er das liebe Gesicht schon einmal irgendwo gesehen haben mußte, aber er konnte sich nicht besinnen, wo?

„Mein liebes Fräulein," sagte er betreten, „allerdings kommen Sie mir bekannt vor; aber ich kann mich in dem Augenblick doch wirklich nicht erinnern —"

„Wir sind mit einander nach Mainz gefahren; ich war in Begleitung der Gräfin Rosowska und ihrer Tochter Olga."

„Alle Wetter, ja, jetzt besinne ich mich," rief Fritz, der in diesem Augenblick die junge Gesellschafterin wieder erkannte, auf die er allerdings, mit dem verführerischen Wesen neben sich beschäftigt, wenig oder gar nicht geachtet hatte.— „Aber wie kommen Sie allein hierher? Haben Sie Ihre Begleitung verlassen?"

Wieder mußte sich das arme Mädchen Mühe geben, ihre Thränen zurückzuzwingen; endlich sagte sie leise:

„Ich fürchte fast, sie haben mich verlassen und mich auf schmähliche Weise von sich gestoßen."

„Bah, die alte Geschichte," sagte der Oberkellner verächtlich, „nichts als Lügen und Flunkereien."

„Sie unverschämter Mensch," fuhr aber Fritz jetzt auf, dem nicht entging, daß das arme, unbeschützte Mädchen totenbleich bei der frechen Anschuldigung wurde;— „wie können Sie sich unterstehen, eine Dame so zu beleidigen!"

„Bitte, mein Herr," sagte die Oberserviette, die nicht den geringsten Respekt vor einem einzelnen Reisenden hatte, der zu Fuß angekommen, jetzt im dritten Stock wohnte und sich mit einem bürgerlichen, noch dazu deutschen Namen als Maler in das Fremdenbuch geschrieben; — „in Geschäften hört die Gemütlichkeit auf, und wenn die Dame bezahlt, was sie schuldig ist, werde ich auch wieder höflich gegen sie werden."

„Bei Gott!" rief jetzt Fritz, der sonst wohl phlegmatischer Natur war, doch leicht, wie viele solcher Charaktere, vom Jähzorn übermannt wurde; — „ich werde Sie auch vorher höflich machen. Noch ein freches Wort — und verdammt will ich sein, wenn ich Sie nicht bei der Jacke nehme und die Treppe hinabwerfe."

„Mein Herr!" rief die Oberserviette, aber doch etwas scheu zurücktretend.

„Wie viel ist die Dame schuldig?"

„Hm — und wollen Sie es bezahlen?"

„Ich frage Sie, wie viel die Dame schuldig ist?"

„Nun gut! — Sie hat drei Zimmer in der ersten Etage seit zwei Tagen belegt gehabt, wir wollen das billigst 12 Thlr. rechnen, ferner selbst hier gewohnt, mit Kaffee, Diner und Souper, Bougies und Service zusammen 7 Thlr., macht 19 Thlr.; außerdem Auslage für eine telegraphische Depesche 16 Sgr., also Summa 19 Thlr. 16 Sgr., mit Dienstmann für Hintragen 2½ Groschen; im Ganzen 19 Thlr. 18 Sgr. 6 Pf.

Fritz nahm, ohne ein Wort zu erwidern, sein Taschenbuch heraus, als die junge Fremde ausrief:

„Aber, mein Herr, das kann ich nicht zugeben: wie kommen Sie dazu, für eine vollkommen Fremde —"

„Bitte, mein liebes Fräulein," sagte Fritz, indem er einen Fünfundzwanzig-Thalerschein herausnahm und dem Kellner reichte, — „Sie haben mich zum Zeugen aufgerufen und müssen mir nun auch erlauben, Sie auszulösen. Ich habe auch meine ganz besonderen Gründe dabei, die aber natürlich nicht Sie, sondern jene Familie betreffen. Sie ersuche ich

Im Hotel.

denn," wandte er sich an den plötzlich geschmeidig gewordenen Kellner, „mir eine ordentliche Rechnung für die Gräfin, — wie war der Name, mein Fräulein?"

„Rosowska."

„Schön; — für die Gräfin Rosowska auszuziehen und zu quittieren und ich bitte. Sie nur, mein Fräulein, mir mit kurzen Worten die Umstände, die Sie vorhin erwähnten, etwas genauer anzugeben. Herr Oberkellner, ich habe die quittierte Rechnung gewünscht. Sie sind bei der Unterhaltung nicht weiter notwendig."

Der Herr im schwarzen Frack zog sich mit einem nichts weniger als freundlichen Gesicht in sein Comptoir zurück und die junge Fremde erzählte jetzt mit flüchtigen Worten, wie sie sich als Gesellschafterin bei der Gräfin Rosowska vor etwa zwei Monaten engagiert habe und ungefähr sechs Wochen mit den beiden Damen am Rhein und dessen Umgegend herumgefahren sei. Vor vierzehn Tagen etwa habe die Comtesse den jungen Grafen Wladimir getroffen, und ihn ihr als ihren Gatten vorgestellt. Sie versicherte, sich nicht wohl in der Familie gefühlt und einen Verdacht gefaßt zu haben, daß nicht alles so sei, wie man es darstelle, war aber durch eigene Familienverhältnisse gezwungen, auszuhalten. Einen Gehalt — obgleich die Summe zwischen ihnen festgestellt — hätte sie in der ganzen Zeit nicht bekommen, und auch nicht gewagt, ihn zu fordern; endlich hätte die Gräfin selbst davon angefangen und ihr gesagt, daß sie in Köln einen Wechsel zu erheben hätten; sie wollten alle hierher, aber in Bingen seien sie ausgestiegen, um angeblich eine dort wohnende Freundin zu besuchen und mit dem Abendboot nachzukommen. Sie selber habe den Auftrag bekommen, hier im Hotel indessen Zimmer zu belegen und auf sie zu warten; das sei bis jetzt vergebens geschehen, und sie fürchte nun wohl mit Recht, daß sie von der fremden Herrschaft auf recht abscheuliche und hinterlistige Weise hintergangen sei.

„Und haben Sie keine Ahnung, wo sie sich jetzt befinden?"

„Keine."

„Dann kann ich Ihnen die genaue Adresse geben," lachte Fritz. „In Ems, in Balzer's Hotel —"

„In Ems?"

„Wo ich die junge Dame noch gestern gesehen habe."

„Und was sagte sie?"

„Ich hatte nicht die Ehre, mit ihr zu sprechen," erwiderte Fritz, „denn wir trafen unter eigentümlichen Umständen zusammen. Aber ich glaube fast selber, daß Sie betrogen sind, denn die kleine Familie denkt wahrscheinlich gar nicht daran, nach Köln zu kommen. — Und was wollen Sie jetzt thun?"

„Ich weiß es nicht — es bleibt mir nichts anderes übrig, als nach Koblenz zurückzukehren."

„Wohnen Sie dort?"

„Mein Vater lebt dort."

„Hat er da ein Geschäft?"

„Nein," sagte das junge Mädchen schüchtern, und Fritz sah es ihr an, daß ihr die Frage peinlich war. Der Kellner kam in diesem Augenblick zurück und brachte die quittierte Rechnung und das übrige Geld.

„Kann ich Ihnen noch mit etwas dienen?" sagte Fritz freundlich. „Wenn es Ihnen an Mitteln fehlen sollte, nach Hause" —

„Nein — ich danke Ihnen aus voller Seele," sagte das arme Mädchen schüchtern. „Sie haben schon mehr für mich gethan, als ich je erwarten und hoffen konnte; nur um eins bitte ich Sie: Ihre Adresse, daß mein Vater, wenn ich nach Hause komme, die Schuld wieder abtragen kann, die ich heute übernommen."

Der Oberkellner steckte beide Hände in die Taschen, drehte sich ab und stieg pfeifend die Treppe hinunter; Fritz aber achtete gar nicht auf ihn.

„Hier, mein liebes Fräulein", sagte er, „ist meine Karte!

aber sorgen Sie sich um Gotteswillen nicht deshalb. Nur noch eins — darf ich Ihren Namen nicht wissen?"

„Ich heiße Margareth", sagte das junge Mädchen leise.

„Und Ihr Zuname?"

„Margareth," wiederholte sie, fast noch leiser als vorher.

„Das genügt dann," lächelte Fritz gutmütig; „ich will nicht weiter in Sie dringen. Und nun, mein liebes Fräulein Margareth," fuhr er fort, indem er ihr die Hand reichte, — „leben Sie wohl! ich hoffe, man wird Ihnen hier im Hause nichts mehr in den Weg legen."

Wie sie ihm die Hand gab, kamen ein paar junge Damen, von dem Oberkellner begleitet, die Treppe herauf, und lachten mit einander. Sie gingen an Fritz vorüber und sahen ihn an. Er hatte aber jetzt andere Dinge im Kopf, als auf sie zu achten; und die Stufen hinabspringend, eilte er aus dem Hause, um seinen beabsichtigten Spaziergang anzutreten.

Siebentes Kapitel.

Herr Doctor Raspe nebst Familie.

Fritz fühlte sich, als er, seinen eigenen Gedanken nach=
hängend, am Rhein hinabschritt, eigentlich nicht recht mit sich
zufrieden, denn er war fest überzeugt, wieder einmal einen
dummen Streich gemacht zu haben. Er konnte das ver=
wünschte Pfeifen des Oberkellners nicht aus dem Gedächtnis
bringen; wußte er doch genau, was dieser damit meinte.
Und wenn er sich nun wirklich wieder hatte anführen lassen?
— Aber das junge Mädchen sah so lieb und gut aus — ebenso
hatte freilich auch jene „Comtesse" Olga ausgesehen — aber
diese hatte so treue, ehrliche Augen und nichts Kokettes, gar
nichts in ihrem ganzen Wesen, während ein tiefer Schmerz,

wie ein geheimer Kummer, in ihren Zügen lag. — „Aber manche kokettieren auch damit," sagte er sich selber, „und wenn die ganze Geschichte erfunden war — wie wenigstens der Oberkellner zu denken schien — bah", setzte er sich tröstend hinzu, „so bin ich eben um zwanzig Thaler ärmer und habe doch wenigstens den Glauben, ein gutes Werk gethan zu haben — und Olga? — Ich werde jedenfalls noch einmal zurück nach Ems gehen! — Zum Henker auch, die Polizei selbst ist mir dort Genugthuung schuldig, und vielleicht erfahre ich dann auch etwas Näheres über die Familie Rosowska. Ich habe den Blick noch nicht vergessen, den mir die gnädige Comtesse zuwarf, als sie die Polizeidiener aus meinem Zimmer kommen sah."

Er war ausgegangen, um sich an dem Anblick des prächtigen alten Stroms zu weiden; aber die Gedanken schwirrten ihm so wirr und bunt durch den Kopf, daß er wie träumend an dem Ufer hinwanderte und wirklich nichts sah, als den Pfad, auf den er den Fuß setzte. Ein stromabgehender Dampfer brachte ihn erst wieder zu sich selbst; und da es indessen auch elf Uhr geworden war, beschloß er, umzudrehen und wieder in die Stadt zurückzukehren, und eben die Familie Raspe aufzusuchen, die jetzt doch wenigstens zu sprechen war.

„Doktor Raspe zu Hause?" fragte er auch den Portier, als er wieder in das Hotel trat. — „Nun? Haben Sie mich verstanden? — Ich fragte Sie, ob Doktor Raspe zu Hause sei." — wiederholte er die Frage, als ihn der Portier statt einer Antwort nur so unverschämt als möglich anstierte. Der Mann kam auch dadurch erst wieder zu sich selber und sagte dann etwas verlegen:

„Bitte um Entschuldigung — ja! — Nicht wahr, der Herr wohnen selber hier im Haus?"

„Ja."

„Nr. 36?"

„Ja — weshalb? — Hat jemand nach mir gefragt?"

„Nein — noch nicht!" erwiderte der Portier mit einem zweideutigen Lächeln. Fritz achtete aber nicht darauf und erst, als er sich von ihm abwandte, fielen ihm die jungen Damen ein und er fragte noch einmal:

„Können Sie mir nicht sagen, ob die Damen ebenfalls oben sind?"

„Die beiden Fräulein sind gleichfalls zugegen," erwiderte der Portier. „Kennen Sie die Familie?"

„Nein — aber ich möchte sie kennen lernen. — Wollen Sie mich anmelden, oder soll ich es einem Kellner sagen?"

„Bitte, das werde ich selber besorgen," rief der Portier, jetzt plötzlich ungemein höflich werdend. — „Haben Sie vielleicht eine Karte?"

„Ja, hier. Seien Sie so gut und sagen dem Herrn Doktor, ich wünsche ihm meine Aufwartung zu machen. Ich werde jetzt auf mein Zimmer gehen und Sie können mir dann dort gleich Antwort sagen — der Doktor hat doch vier- und fünfunddreißig, nicht wahr?"

„Ja wohl, Herr Wessel," sagte der Portier, auf die Karte sehend, — „werde es Ihnen pünktlich besorgen."

Fritz kümmerte sich nicht weiter um ihn, drehte sich ab und stieg langsam die Stufen hinauf zu seinem Zimmer; der Portier aber faltete, sobald sich der Fremde entfernt hatte, hastig ein Zeitungsblatt zusammen, steckte es in die Brusttasche und eilte dann rasch in den Speisesaal hinüber, wo er den Wirt selber wußte. Diesem zeigte er eine Stelle in der Zeitung und die erhaltene Karte und flüsterte eine Weile mit ihm, dann stieg er nach oben, um den erhaltenen Auftrag auszuführen.

Etwa zehn Minuten später klopfte er an Nr. 36 an und meldete, Herr Doktor Raspe würde ihn empfangen, er möge sich nur gefälligst hinüber bemühen.

Fritz war noch unschlüssig, ob er seines Vaters Brief abgeben oder sich nur selber einführen solle — er haßte alle

Arten von Empfehlungsbriefen und wenn er sich auch daheim fast vollständig von seinem Vater leiten ließ, war es ihm doch ein unangenehmes Gefühl, sich auch hier auf Reisen nur von einem beschriebenen Stück Papier abhängig zu machen, dem er vielleicht allein einen freundlichen Empfang verdanken könnte. „Ei, zum Henker," sagte er bei sich, „selber ist der Mann; ich werde mich deshalb auch selber einführen und wenn sie mich nicht herzlich empfangen, nun, dann lassen sie es eben bleiben und ich habe nichts an ihnen verloren."

Mit dem Entschluß nahm er Hut und Handschuhe, um der Aufforderung Folge zu leisten. Vor der Thür fragte er aber noch einmal:

„Apropos, Portier, hat die junge Dame, mit welcher der Oberkellner vorher einen Streit hatte, das Hotel verlassen?"

„Ja wohl, Herr Wessel," sagte der Mann, „wie das bergangehende Boot signalisiert wurde, ist sie an die Dampfbootlandung gegangen und mit fortgefahren; aber wohin, weiß ich nicht."

„Sehr gut!" nickte Fritz ihm zu und trat jetzt zu der nächsten Thür, an welche er leise anklopfte.

„Herein!"

Fritz öffnete und übersah auch schon in demselben Moment mit einem Blick, daß er die Familie Raspe vor sich habe. Der Vater, ein ältlicher Herr, der, wenn er immer so aussah, wie gerade jetzt, eben nicht viel Einnehmendes in seinem ganzen Wesen hatte, saß, mit der Brille auf der Nase, in einem Fauteuil am Fenster und hielt ein Zeitungsblatt in der Hand — das nämliche, das der Portier vorher von unten mit herauf gebracht hatte — und an dem nächsten Fenster standen neben einander, der Thür zugewandt, die jungen Damen, jedenfalls seine beiden Töchter Rosa und Viola, und Fritz freute sich schon im voraus darauf, jetzt zu erraten, welches Rosa und welches Viola sei, und war überzeugt, daß ihm das leicht gelingen werde.

Übrigens war der Empfang nicht so herzlich, wie er ihn wohl erwartet haben mochte, denn nach seiner eingeschickten Karte mußten sie doch jedenfalls wissen, wer er sei. Der alte Doktor blieb aber, die Zeitung noch immer in der Hand, fest auf seinem Stuhl sitzen und sah ihn nur forschend über die Brille an, während die beiden jungen Damen näher zusammenrückten und sich leise etwas zuflüsterten. Fritz aber, als der Eintretende, fühlte doch, daß er die Unterhaltung eröffnen müsse, denn die Anwesenden schienen nicht geneigt dazu. Fritz war übrigens nichts weniger als blöde, und mit einem artigen Gruß zuerst gegen die Damen, den diese aber nur halb erwiderten, ging er direkt auf den alten Herrn zu, streckte ihm die Hand entgegen und sagte herzlich:

„Mein lieber Herr Doktor, erlauben Sie mir, daß ich Ihnen in mir den Sohn eines alten Freundes und zugleich dessen herzlichste Grüße bringe. — Auch für eine der jungen Damen habe ich noch einen besonderen Gruß — mein Name ist Friedrich Wessel," setzte er dann aber mit noch schärferer Betonung hinzu, als er zu seinem Staunen bemerkte, daß der alte Herr die dargereichte Hand keineswegs so bereitwillig nahm, als sie ihm geboten wurde, — „der Sohn des Regierungsrats Wessel aus Haßburg."

„Sehr angenehm, Ihre werte Bekanntschaft zu machen," sagte Doktor Raspe höflich, aber doch auch merkwürdig kalt; und wenn er auch nun wohl nicht mehr umhin konnte, die dargereichte Hand zu nehmen, erwiderte er doch deren Druck nicht, während die jungen Damen genau solch ein Gesicht machten, als ob sie am liebsten gleich aus dem Zimmer hinausgelaufen wären.

„Hm," dachte Fritz, „die Freude, mich zu sehen, scheint allerdings nicht so besonders groß und die Leute thun hier genau so, als ob sie gar nicht wüßten, daß Papa auf der Welt wäre."

„Sagen Sie einmal, mein lieber Herr Wessel," bemerkte

der alte Herr, indem er ihn scharf betrachtete; — „es kommt mir doch so vor, als ob Sie sich, seit wir uns nicht gesehen, sehr bedeutend verändert hätten; wie?"

„Das ist wohl möglich," lächelte Fritz, „denn, so viel ich weiß, ist auch schon eine Zeit von acht oder zehn Jahren darüber verflossen. Ich glaube, ich kann das Nämliche von den jungen Damen sagen."

Die jungen Damen lächelten nicht einmal; sie sahen so unbeholfen wie möglich aus, und doch verwandten sie keinen Blick von ihm. Hübsch waren sie auch, das ließ sich nicht leugnen, alle beide; aber, ob die Ursache vielleicht in dem kalten Empfang lag, sie ließen ihn selber vollkommen kalt, und zum ersten Mal überkam ihn jenes unbehagliche Gefühl, das wir empfinden, wenn wir uns in irgend einer Umgebung treffen, in der wir uns nicht willkommen glauben. Fritz hatte sich deshalb auch noch nicht einmal gesetzt, als er schon wieder an den Rückzug dachte; er wußte nur nicht gleich, wie er sich in schicklicher Weise und ohne gerade unhöflich zu sein, aus der Affaire ziehen könne.

Der alte Doktor Raspe hatte ihm auf seine letzte Bemerkung gar keine Antwort gegeben, ja sonderbarer Weise schien er nicht übel Lust zu haben, seine Lektüre in der Zeitung fortzusetzen, denn er nahm das Blatt wieder auf und sah hinein. — „Ei, zum Henker," dachte Fritz da, „wenn der Alte so wenig Lebensart besitzt, so brauche ich auch nicht viel Umstände zu machen. Da bin ich einmal und wenn ich jetzt Hals über Kopf weglaufe, lachen sie mich am Ende gar noch aus; ich werde mir also erst einmal die jungen Damen in der Nähe besehen." — Und ohne von dem alten Herrn weiter die geringste Notiz zu nehmen, ging er auf die beiden Mädchen zu, nahm sich unterwegs einen Stuhl mit, und den Hut auf den Tisch stellend, sagte er, indem er vor ihnen stehen blieb:

„Nun, meine Damen, muß ich erst an Sie einen Gruß

ausrichten. Da ich aber noch nicht weiß, an welche von Ihnen, so erlauben Sie mir, daß ich vorher einmal raten darf, welches die Braut ist — aber wollen denn die Damen nicht Platz nehmen?"

Keine von ihnen erwiderte ihm ein Wort; ja es war weit eher, als ob sie sich vor ihm zurückzögen, so scheu bebten sie zusammen und schlossen sich enger an einander an, so daß Fritz endlich lachend sagte: „Aber fürchten Sie sich denn vor mir? — Sehe ich wirklich so gefährlich aus und haben Sie ganz vergessen, daß wir uns schon als Kinder gekannt?"

„Nein, wir fürchten uns gar nicht," erwiderte die eine junge Dame und es kam Fritz fast so vor, als ob ihre dunkelbraunen Augen bei den Worten blitzten und funkelten; — „nicht im mindesten, Herr Wessel."

„Aber Viola," sagte die Schwester.

„O weh, jetzt haben Sie sich selber verraten," lachte Fritz, „nun weiß ich auf einmal, wer von Ihnen die Braut ist. Fräulein Rosa, ich habe Ihnen die freundlichsten Grüße von jemandem zu bringen, der mich gewiß schmerzlich beneiden würde, wenn er wüßte, daß ich in diesem Augenblick das Glück Ihrer Gegenwart genieße."

„Glauben Sie wirklich?" sagte Viola, aber mit einem so eigentümlich spöttischen Blick und Ausdruck, daß Fritz sie ganz verdutzt ansah.

„In der That, mein Fräulein," erwiderte er auch endlich, „oder trauen Sie mir zu, daß ich Ihnen eine Unwahrheit sage?"

„Du lieber Gott," meinte Viola achselzuckend, „das Wort Unwahrheit ist so außerordentlich elastisch nnd kann nach so viel verschiedenen Seiten hin in eine andere Form gebracht werden, daß man es kaum wieder heraus erkennt."

„Ich verstehe Sie nicht."

„Das sollte mir leid thun — wenn es nicht ebenfalls wieder eine Abzweigung wäre."

„Aber können Sie mir Ihre Behauptung nicht erklären?"

„Und warum nicht," erwiderte das junge hübsche Mädchen fast trotzig. — „Das Wort L ü g e bezeichnet allerdings am schärfsten und genauesten, was ich meine, die gesellschaftliche Form hat ihm aber schon durch das Wort „Unwahrheit" eine Abschwächung gegeben. In vielen Fällen klingt der höflichen Menschenwelt das Wort Unwahrheit noch viel zu schroff; man sagt dann: Sie scheinen in einem Irrthum befangen — es ist ein Mißverständis — ja, wir gehen noch weiter: wir nehmen sogar oft direkte Lügen als Schmeichelei oder Galanterie, wo wir derartige — Beleidigungen," setzte sie mit einem fast verächtlichen Wurf ihres kleinen Lockenkopfes hinzu, — „mit Zorn und Entrüstung zurückweisen sollten."

An dem glücklichen Temperament unseres jungen Freundes prallte der von der Dame direkt gegen ihn geführte Hieb insofern vollkommen ab, als er total vergessen hatte, was eigentlich diese Erörterung hervorgerufen, und in der ganzen Zeit nur emsig beschäftigt gewesen war, die beiden jungen Mädchen mit einander zu vergleichen. Er konnte nämlich nicht herausbekommen, welche von ihnen die ältere sei; denn obgleich er auf den ersten Blick Rosa dafür gehalten haben würde, so hatte diese doch auch wieder viel mehr Schüchternes und Jugendliches in ihrem ganzen Wesen, während Viola mit einer Entschiedenheit und fast Keckheit auftrat, die weit über ihre Jahre ging.

„Sie haben vollkommen recht, mein liebes Fräulein," sagte er deshalb auch so unbefangen als möglich und bemerkte dabei nicht einmal, daß der Doktor, noch mit dem Zeitungsblatt in der Hand, hinter ihn getreten war; — „die deutsche Sprache ist in Umschreibungen außerordentlich reich und, ich möchte auch sagen, bequem, so daß wir eigentlich a l l e s damit sagen können, ohne es scheinbar doch gesagt zu haben; doch was ich Sie gleich fragen wollte —"

„Sie entschuldigen," unterbrach ihn in diesem Augenblick

der Doktor, der Viola, die eben heftig erwidern wollte, heimlich zuwinkte; — „erlauben Sie mir vielleicht, Ihnen einen kurzen Artikel aus dieser Zeitung vorzulesen?"

Die Frage kam so plötzlich und wurde, ohne jede möglich
5 denkbare Veranlassung, in einem so merkwürdigen Tone gestellt, daß sich Fritz fast scheu gegen den alten Herrn wandte, denn nach den Erfahrungen, die er in Mainz gemacht, war er wirklich mißtrauisch geworden. Viola aber, die ihn scharf beobachtete, zuckte empor, als sie das scheinbare Erschrecken
10 des jungen Fremden bemerkte und rief aus:

„O, fürchten Sie sich nicht, Herr Wessel. Was Vater eben lesen will, ist nur eine Erläuterung dessen, was Sie eben selber ausgesprochen."

„In der That, mein Fräulein?" sagte Fritz jetzt, doch
15 etwas betroffen von dem Tone und nicht angenehm davon berührt; „wenn Sie das schon im voraus wissen, kann es natürlich nur von Interesse für mich sein, zu sehen, wie weit Ihr Ahnungsvermögen geht."

„Vom Ahnungsvermögen kann hier nicht die Rede sein,"
20 sagte der Doktor trocken, „da ich diesen Artikel unmittelbar vorher, ehe Sie unser Zimmer betraten, meinen Töchtern vorgelesen habe — wollen Sie mir also erlauben?"

„Mit dem größten Vergnügen!" sagte Fritz, den Kopf aufmerksam nach dem Doktor zurückwendend.

25 „Schön," sagte der Doktor, indem er sich seine Brille zurechtrückte. — „Also, bitte, hören Sie: Am 3. d. M. wurden dem Hotelbesitzer Braun in Bonn neun silberne Löffel, eine silberne Cylinderuhr mit Goldrand und Sekundenzeiger gestohlen. Die Uhr hat 19 Linien im Durchmesser — doch die
30 Beschreibung derselben kann ich mir vielleicht ersparen. — Also weiter: Ferner wurde einem Reisenden ein noch ganz neuer Paletot entwendet. Des Diebstahls dieser Gegenstände ist ein junger Mann bringend verdächtig, der sich auch aus dem Hotel entfernte, ohne seine ziemlich bedeutende Zeche

zu bezahlen. Die Sicherheitsbehörden werden deshalb ersucht, auf den Verbrecher zu vigilieren, denselben im Betretungsfall zu verhaften und mir vorführen zu lassen. Bonn, den 5. Juli 18—. Der Staatsanwalt."

Fritz lachte.

„Aber, verehrter Herr Doktor," sagte er, „glauben Sie denn, daß diese, vielleicht stilistisch sehr schöne Anzeige für mich oder die jungen Damen nur das geringste Interesse haben könnte?"

„Bitte, hören Sie weiter," sagte aber der Doktor, „das Signalement wird vielleicht von größerem Interesse für Sie sein. Also — Signalement: Alter etwa 28 bis 30 Jahre, Größe fünf Fuß neun Zoll, Haare dunkelbraun, Gesicht oval, Gesichtsfarbe gesund, Statur gewöhnlich, trägt einen kleinen, noch nicht alten Schnurrbart; besondere Kennzeichen: ein gewandtes und sehr anständiges Benehmen."

„Das Signalement paßt jedenfalls auf zehntausend Menschen!" lachte Fritz.

„Reiste zuletzt," fuhr der Doktor fort, „unter dem Namen Friedrich Wessel aus Haßburg —"

„Alle Teufel!" rief Fritz emporfahrend. — „Bitte tausendmal um Entschuldigung," setzte er freilich rasch hinzu, „aber Sie werden mir zugeben, daß mir ein solcher Namensvetter nicht besonders angenehm sein kann."

„Hat aber auch," las der Doktor ruhig weiter, „zu dem gegründeten Verdacht Veranlassung gegeben, daß er seinen Namen nach Bequemlichkeit wechselte. Bis jetzt schien sein Bestreben, sich in anständigen Familien einzuschwärzen, indem er sich besonders aufmerksam gegen die Damen zeigte, dabei aber nur eine Gelegenheit abwartete, um irgend einen bedeutenden Diebstahl auszuführen und dann spurlos zu verschwinden."

„Allerliebst!" nickte Fritz.

„Zu seiner Kenntnisnahme könnte das noch vielleicht beitragen," schloß der Doktor, noch immer aus der Zeitung ablesend — „daß er eine Zeitlang mit einer polnischen Familie in Verbindung stand und besonders in Bonn für dieselbe Quartier bestellte, ohne daß sie aber eingetroffen wäre. Er ist später nicht mehr mit derselben gesehen worden, aber jedenfalls als ein gefährliches und gemeinschädliches Subjekt zu betrachten: und man hat erst in Mainz wieder eine Spur von ihm bekommen, wo er sich aber, wieder unter anderem Namen — und diesmal ohne Bart — in das Fremdenbuch eintrug und dann plötzlich spurlos verschwand. Eine Belohnung von fünfzig Thalern ist durch den betreffenden Wirt in Bonn auf seine Einlieferung gesetzt."

Der Doktor schwieg, und Fritz, der zufällig zu den Damen aufsah, bemerkte, wie deren Blicke in ängstlicher, erwartungsvoller Spannung auf ihm hafteten. Da er natürlich nicht anders glauben konnte, als daß sie selber das Unangenehme seiner Lage empfanden, mit einem solchen anerkannten und steckbrieflich verfolgten Schwindler einen Namen zu tragen oder den seinigen wenigstens von ihm gemißbraucht zu wissen, sagte er achselzuckend:

„Ja, was läßt sich da machen? Der Name Wessel kommt allerdings wohl nicht so häufig vor; aber die Möglichkeit ist doch da, daß er wirklich so heißt, und in dem Fall kann ich nur wünschen, bald von meinem Namensvetter durch die Polizei befreit zu werden."

„Und Sie selber wissen gar nichts von jenen polnischen Damen?" sagte Viola, indem ihr Blick mit der Schärfe eines Inquisitionsrichters an ihm hing.

„Von welchen polnischen Damen, mein Fräulein?" fragte Fritz, jetzt wirklich zum ersten Male stutzig gemacht.

„Ei nun, von denen," erwiderte das junge Mädchen, „von deren Kammerjungfer Sie heute Morgen an der Treppe so zärtlichen Abschied nahmen und noch die Schulden bezahlten, die sie hier gemacht hatte."

„Alle Wetter!" rief Fritz und sah die junge Dame erstaunt an; — „die Frage mag allerdings indiskret erscheinen, aber: wie alt sind Sie, mein gnädiges Fräulein?"

„Die Frage," zürnte die kleine Juno majestätisch, „ist nicht allein indiskret, sie ist unverschämt."

„Ich selber muß Sie bitten, diese Unterredung abzubrechen, mein Herr," sagte jetzt der Doktor, „denn Sie müssen doch fühlen, daß Sie nach dem, was wir Ihnen eben mitgeteilt, hier nur eine sehr undankbare Rolle weiter spielen."

Fritz lachte jetzt gerade heraus. — „Also halten Sie mich für den Fälscher, der unter meinem eigenen Namen reist?" rief er. — „Dann ist es aber wirklich großmütig gehandelt, nicht einmal die fünfzig Thaler verdienen zu wollen, welche der Wirt in Bonn auf meine Einbringung gesetzt hat."

Viola's Auge blickte ihn zornig an; ehe sie aber etwas darauf erwidern konnte — denn sie schien hier wirklich das Wort zu führen — klopfte es ziemlich stark an die Thür und auf das laute Herein! des Doktors traten, von dem Oberkellner begleitet, zwei Polizeidiener in's Zimmer.

„Das ist der Herr, den Sie wünschen," sagte die Oberserviette, mit wohlwollendem Lächeln auf Fritz deutend; — „schade, daß die Mamsell schon heute Morgen abgefahren ist, denn ich glaube fast, das Pärchen gehört zusammen."

„Du verdammter tellerschleppender Frackträger!" rief jetzt Fritz, die Gegenwart der Damen ganz vergessend, in ausbrechendem Zorn emporfahrend, — „wenn du dich unterstehst, noch ein einziges Wort —"

„Bitte, mein Herr!" unterbrach ihn aber der eine Polizeidiener, „ich ersuche Sie, uns zu folgen, und thun Sie das, wenn ich Ihnen raten soll, gutwillig, denn Sie könnten sonst Ihre Lage nur verschlimmern."

„Bravo," lachte Fritz, bei dem der Humor jetzt wieder die Oberhand gewann, denn das Komische der Situation war doch vorwiegend; — „das hat noch gefehlt. Sorgen Sie sich

auch nicht, daß ich Ihnen die geringste Schwierigkeit bereiten
werde; nur eins erlauben Sie mir, dem Herrn Doktor hier
vorher einen Empfehlungsbrief meines Vaters abzugeben.
Hier, mein werter Herr; da ich es nicht mehr zu benützen
gedenke, so genügt es Ihnen vielleicht in zwei Hälften, wird
Ihnen aber doch wohl, wie Ihrer liebenswürdigen, sanften
Tochter Viola, die Überzeugung beibringen, daß ich der bin,
für den ich mich ausgegeben, der Maler Friedrich Wessel."

Damit nahm er den Brief an Doktor Raspe aus seiner
Tasche, riß ihn mitten entzwei und legte ihn dann mit einer
artigen Verbeugung auf den Tisch. Achtungsvoll grüßte er
jetzt die Damen, und es konnte ihm nicht entgehen, daß Rosa
schüchtern und wie verlegen zu ihm aufsah, während ihm Viola
noch trotzig gegenüber stand; und dann seinen Arm ruhig in
den des darüber etwas erstaunten Polizeidieners legend, schritt
er mit diesem hinaus auf den Gang.

Sein Gepäck mußte natürlich mitgenommen und auf dem
Amt untersucht werden; er bestellte indessen eine Droschke,
aber auch zugleich einen Dienstmann, den er an den Kanzlei=
rat Bruno abschickte und ihn mit wenigen Worten auf einem
offenen Zettel bat, ungesäumt auf die Polizei zu kommen, um
dort einen Brief in Empfang zu nehmen und ihn selber aus
einer unbequemen Lage zu befreien. Der Kanzleirat kannte
ihn außerdem persönlich.

Achtes Kapitel.

Major von Buttenholt.

Die Polizeidiener mochten wohl selber durch das ruhige
Benehmen des jungen Mannes, wie die augenscheinliche Ver=
legenheit des Herrn auf Nr. 35 stutzig geworden sein; sie be=
handelten ihren Gefangenen wenigstens sehr artig und

legten auch seinen Aufträgen nicht das geringste Hindernis in den Weg. Im Polizeiamt angekommen, wurde er auch augenblicklich dem Polizeidirektor gemeldet, der seine Legitimation nachsah, auch den durch Fritz geöffneten Brief an den Banquier Sölenkamp in Frankfurt a. M. las und dann durch den bald darauf eintreffenden Kanzleirat Bruno selber noch die Bestätigung erhielt, daß der Gefangene allerdings nicht unter falschem Namen reise und hier jedenfalls ein Mißverständnis zu Grunde liegen müsse. Außerdem traf gleich darauf auch noch der telegraphisch herbeigerufene Wirt aus Bonn ein und erklärte, diesen Herrn, obgleich er dem Dieb sehr ähnlich scheine, nie gesehen zu haben. Der Polizeidirektor zuckte entschuldigend mit den Achseln.

„Mein lieber Herr Wessel," sagte er freundlich, „es thut mir leid, Ihnen eine solche Unbequemlichkeit bereitet zu haben, und nur eine zufällige Ähnlichkeit, die Sie mit jenem Vagabunden haben, mag die Schuld tragen."

„Das ist ja mein einziges Leiden!" rief Fritz in komischer Verzweiflung; — „daß ich allen Menschen ähnlich sehe und alle Augenblicke für einen andern gehalten werde. Ich bin aber auch von dieser Stunde an entschlossen, einen riesigen Bart zu tragen, um endlich einmal ein anderes Gesicht zu bekommen, denn mit diesem lauf' ich nicht länger mehr so herum."

„Nur eine Frage bitte ich Sie noch, mir zu beantworten," sagte der Polizeidirektor. — „In welcher Beziehung standen Sie zu jener polnischen Familie, für deren Dienerin oder Gesellschafterin Sie heute Morgen die abgelaufene Rechnung bezahlt haben."

„Und woher wissen Sie das auch schon?"

„Der Oberkellner des Hotels war heute Morgen bei mir."

„Ah so," nickte Fritz, „das kann ich Ihnen mit wenigen Worten sagen."

Und kurz und bündig erzählte er sein Zusammentreffen mit den Damen, von denen er sich aber schon in Mainz wieder getrennt hatte; natürlich verschwieg er, daß das freilich nicht gleich seine Absicht gewesen und nur durch die unwillkommene Erscheinung des Grafen Wladimir veranlaßt worden sei; des Grafen selbst mußte er aber wenigstens erwähnen.

„Und wissen Sie etwas Genaueres über diesen Grafen?"

„Genaueres? Nein — ich habe ihn das einzige Mal in meinem Leben auf dem Perron in Mainz — und selbst da nur sehr flüchtig gesehen."

„Und wie sah er aus?"

„Sehr vornehm und elegant; er trug einen kleinen Schnurrbart und — ja weiter wüßte ich wahrhaftig nichts zu seiner Personalbeschreibung hinzuzufügen. — Weshalb fragen Sie?"

„Eigentlich," lächelte der Polizeidirektor, „richtet man an die Polizei keine Fragen, doch ist es gerade kein Geheimnis. Wir haben nämlich heute Morgen erst Depeschen bekommen, nach denen dieser Graf gerade in dem Verdachte steht, nichts weniger als ein polnischer Graf, sondern ein Schneidergesell aus Ihrer eigenen Geburtsstadt, aus Haßburg, zu sein."

„Alle Wetter!"

„Und man scheint seine Spur verloren zu haben."

„Dann kann ich Ihnen vielleicht wieder darauf helfen!" rief Fritz rasch, „denn noch vorgestern Abend habe ich die junge polnische Dame in Ems, im Hotel Balzer gesehen und wenn mir der Graf selber auch nicht zu Gesicht kam, so zweifle ich doch keinen Augenblick, daß er sich bei den Damen befindet."

„In der That? — und haben Sie mit ihr gesprochen?"

„Nein," sagte Fritz und das Blut stieg ihm dabei voll in die Schläfe; — „die Gelegenheit war nicht günstig — mein Koffer wurde gerade polizeilich untersucht, weil man mich im Verdacht hatte, silberne Löffel oder sonst etwas gestohlen zu haben. Auch im Spielsaal starrten mich alle Menschen so an, als ob ich eben auf einem Taschendiebstahl oder Kirchenraub erwischt wäre. Natürlich bin ich da wieder für Gott weiß wen gehalten worden — wenn ich nur erst den Bart hätte!"

Der Polizeidirektor lachte, aber die erhaltene Auskunft war doch auch zu wichtig, um sie nicht augenblicklich zu benutzen.

„Mein lieber Herr," sagte er, „es sollte mich gar nicht wundern, wenn wir in dem incognito reisenden Schneidergesellen nicht auch am Ende den Burschen fänden, der Ihren Namen mißbraucht hat, noch dazu, da er aus einer Stadt mit Ihnen stammt. Haben Sie keine Ähnlichkeit zwischen sich und dem Grafen Wladimir entdeckt? — wunderlichere Sachen sind schon vorgekommen."

„Das wäre nichts Wunderliches," seufzte Fritz, „es sollte mich sogar wundern, wenn ich ihm n i c h t ähnlich sähe.

„Werden Sie sich länger in Köln aufhalten?"

„Ich weiß es wahrhaftig noch nicht, denn ich muß Ihnen aufrichtig gestehen, Herr Direktor, daß ich das Leben am Rhein herzlich satt habe. Ich bin zu meinem Vergnügen hierher gereist und so lange ich mich in der Nähe des schönen Stroms befinde, aus den Verlegenheiten und Unannehmlichkeiten gar nicht herausgekommen."

„Das sollte mir wirklich leid thun!" sagte der Direktor; „aber wenn Sie noch länger hier blieben, oder vielleicht hierher zurückkehrten, wäre es mir lieb, wenn Sie mich wieder einmal besuchten."

„Auf die nämliche Weise wie heute?"

„Nein," lachte der Polizeidirektor, „freiwillig, oder mich wenigstens wissen ließen, wo Sie zu finden sind, denn es wäre doch möglich, daß wir Ihre Gegenwart brauchen könnten."

„Für jetzt," sagte da der Kanzleirat, „möchte ich den jungen Herrn in Beschlag nehmen, und wenn er sich in Köln aufhält, Herr Direktor, so bitte ich nur in meine Wohnung zu schicken, und Sie werden ihn dort jedenfalls antreffen oder Auskunft erhalten, wo er zu finden ist."

„Aber, bester Herr Kanzleirat —"

„Keine Ausrede, mein junger Freund! wir fahren jetzt in Ihrem Hotel vor, zahlen dort Ihre Rechnung, und dann müssen Sie sehen, wie Sie sich bei uns einrichten — fortgelassen werden Sie nicht wieder, denn ich fürchte, daß Sie sonst der Polizei jedenfalls noch einmal in die Hände fallen; also warten Sie's bei mir ab, bis Ihr Bart gewachsen ist."

Fritz wollte sich noch dagegen sträuben, aber es half ihm nichts, denn der alte Herr ließ eben nicht nach; die kölnische Gastfreundschaft ist ja berühmt und der junge Mann fand sich bald in dem Hause so wohnlich eingerichtet, als ob er da von Jugend auf gelebt hätte. Der alte Kanzleirat lebte aber auch in den glücklichsten und unabhängigsten Verhältnissen, und seine Frau, so ein recht mütterliches und gutes Wesen, das Fritz gleich auf den ersten Blick liebgewann, wie auch die einzige, seit etwa vierzehn Tagen mit einem jungen Kaufmann verlobte Tochter, deren Bräutigam schon als mit zur Familie gehörig gezählt wurde, machten das überdies freundliche Haus zu einem kleinen Paradies, in dem sich Fritz unendlich wohl fühlte.

Köln fehlt nur eins: eine romantische Scenerie in der Umgebung, und Fritz war doch eigentlich an den Rhein gekommen, um sich an der zu erfreuen und einige Studien zu machen, denn eine Frau zu suchen, hatte er aufgegeben. Er war dabei zweimal und rasch hintereinander zu schlecht angekommen. Wie er sich deshalb eine volle Woche recht tüchtig ausgeruht, deutete er an, daß er doch jetzt wieder an die Abreise denken müsse, stieß aber dabei auf den hartnäckigsten Widerstand. Der alte Kanzleirat wollte nichts davon hören, und das Äußerste, was er zugestand, war, daß Fritz einige Abstecher den Rhein hinauf machen, dann aber wieder zu ihnen zurückkehren solle, was er denn auch endlich versprechen mußte.

Am nächsten Morgen fuhr er stromauf, um sich erst einmal am Loreleifelsen und in der dortigen herrlichen Gegend eine Zeit lang aufzuhalten; sein Bart, den er sich gewissenhaft stehen ließ, hatte überdies jetzt ein Stadium erreicht, gegen das sich seine Eitelkeit sträubte, es selbst in dem Familienkreise des Kanzleirats zu zeigen; er fing an, sehr struppig zu werden, und Fritz gedachte sich vierzehn Tage einmal in der Wildnis oder in kleinen abgelegenen Orten herumzutreiben, bis er ihn so weit gebracht, daß man doch wenigstens sehen konnte, was es werden sollte. Dann gedachte er auch in Koblenz den ältesten Freund seines Vaters, den Major von Buttenholt aufzusuchen; der Vater hatte ihm das ja ganz besonders an's Herz gelegt und er erkundigte sich auch schon in Köln nach ihm, konnte aber gar nichts weiter über ihn erfahren, als daß er aller Wahrscheinlichkeit nach noch in Koblenz wohne; gesehen wollte ihn aber niemand seit langen Jahren haben, selbst gehört hatte man nichts von ihm, als daß er außer Dienst und pensioniert sei und viele Sorge mit seinem einzigen Sohn gehabt habe, der bedeutende Schulden gemacht und nachher in einem Duell geblieben wäre. In Koblenz selber würde er aber jedenfalls das Nähere erfahren können.

Dorthin kam er freilich vor der Hand noch nicht; aber das hatte ja auch noch Zeit, da er doch jetzt entschlossen war, noch einige Wochen am Rheine zuzubringen.

Auf dem Dampfer, der ihn stromauf führte, fand er keine besondere Gesellschaft: ein paar langweilige Engländer, ein paar Professoren, die in einer kurzen Ferienreise den Schulstaub abschütteln wollten, französisches Gesindel, das in die Bäder an die Spieltische zog, und ein Gemisch von älteren oder jüngeren Damen, die sich in die Kajüte hinunterzogen und aus verschiedenen Körben ihr mitgebrachtes Frühstück hervorzogen und verzehrten. Der Dampfer lief dabei ent-

setzlich langsam gegen den Strom an, und die Gegend bot
außerdem nicht das geringste Interessante, so daß Fritz schon
bereute, die Rückfahrt zu Wasser angetreten zu haben.
Und die Fahrt wurde immer langsamer; an dem einen
5 Haltplatz blieben sie außergewöhnlich lange liegen, und das
Gerücht verbreitete sich, daß an der Maschine etwas nicht in
Ordnung wäre. Das Boot setzte allerdings seine Fahrt fort,
aber es arbeitete schwer gegen die Strömung an; und als sie,
stundenlang nach der eigentlich angegebenen Zeit, Koblenz
10 endlich erreichten, erklärte der Kapitän den Passagieren, daß
er heute da liegen bleiben müsse, um eine nötig gewordene
Reparatur vorzunehmen.

Fritz war noch nicht ganz mit sich einig, ob er überhaupt
zu Wasser seine Reise fortsetzen werde, und nahm seinen
15 Koffer an Land. Er wünschte auch einmal den Ehrenbreit=
stein zu besuchen, und dazu konnte ihm vielleicht der Major
helfen, wenn er ihn hier in Koblenz fand.

In dem Hotel wußte ihm aber niemand Auskunft über
Major von Buttenholt zu geben. Er hatte allerdings lange
20 Jahre in Koblenz gelebt und der Wirt kannte ihn genau,
aber er sollte vor einiger Zeit hier fortgegangen sein; wohin
wußte er nicht. Es war ihm sehr knapp gegangen und der
alte Herr immer leidend gewesen. Vielleicht konnte der
Fremde, wenn er den Major aufzusuchen wünsche, Näheres
25 über ihn von einem der älteren Offiziere erfahren. Um den
Ehrenbreitstein zu besuchen, mußte er sich überhaupt eine
Erlaubniskarte geben lassen.

Fritz, mit gerade keiner anderen Beschäftigung, machte
sich dazu auf den Weg und wurde von einem der Offiziere,
30 den er deshalb anredete, in die Kommandantur gewiesen; den
Major von Buttenholt kannte derselbe nicht.

In der Kommandantur, wo er die Erlaubniskarte ohne
weiteres erhielt, traf er einen alten Soldaten und fragte
diesen nach dem Major.

„Du lieber Gott!" sagte der alte Mann; „ob ich ihn kenne? so ein lieber braver Herr! hab' ich doch bei seinem Regiment gestanden."

„Und lebt er nicht mehr in Koblenz?"

„In Koblenz? — nein; aber nicht weit von hier in einem kleinen Nest, Mühlheim, drüben am andern Moselufer; 's ist auch nicht weit und ein ganz hübscher Spaziergang, aber er kommt trotzdem nur selten oder gar nicht herein, und ich habe ihn Jahr und Tag nicht gesehen."

„Und geht es ihm gut?"

„Ich glaube, es geht ihm recht knapp," sagte der alte Mann; „und er ist wohl nur von Koblenz fortgezogen, weil es ihm hier zu teuer wurde. Sorgen und Leid hat er genug gehabt, aber nur wenig Freude —"

„Mit seinem Sohn?"

„Leider Gottes!" nickte der Alte, „das war ein Thunichtgut, wie er im Buche steht, und die gottverdammten Spielhöllen in der Nachbarschaft richteten ihn vollends zu Grunde. Heimlich und in Civil schlich er sich hinüber nach Ems und schob den Gaunern das kleine Vermögen des Vaters nach und nach in den Rachen; ja, als das fort war, machte er Schulden über Schulden, und um seinen Schlechtigkeiten endlich die Krone aufzusetzen, schoß er sich eine Kugel vor den Kopf."

„Ich denke, er ist in einem Duell geblieben?"

„So hieß es. Man hatte es auch dem alten Major so beigebracht, daß er sich die Sache nicht gar so sehr zu Herzen nehmen sollte; aber ich war dabei, wie sie ihn fanden."

„Armer, alter Mann!"

„Ja wohl, armer Mann, und jetzt bezahlt er von seiner kleinen Pension langsam die Schulden ab, die der leichtsinnige Bursche Hals über Kopf gemacht hat, und sitzt dabei drüben in dem kleinen Nest mutterseelenallein und lebt, wie mir neulich ein Kamerad sagte, in Hunger und Kummer."

„So hat er weiter keine Kinder?"

„Noch eine Tochter; die hat aber auch zu fremden Leuten gehen müssen, um etwas zu verdienen."

„Und wie komme ich am besten nach Mühlheim?"

„Ach, jedes Kind zeigt Ihnen den Weg; gehen Sie nur
5 über die Moselbrücke und fragen Sie dort, wen Sie wollen, Sie können gar nicht fehlen."

Heute war es dazu allerdings zu spät, denn er gedachte doch erst von seiner Karte Gebrauch zu machen und wünschte auch den Sonnenuntergang auf dem Ehrenbreitstein mit an-
10 zusehen; aber am nächsten Morgen sollte es sein erster Weg sein — er wußte ja, daß seinem Vater besonders daran lag, über den Major Auskunft zu erhalten, und dann wollte er auch an „seinen Alten" wieder einmal schreiben; hatte er ihm doch seit Wochen keine Nachricht von sich gegeben!

15 Der Weg auf die Festung lohnte sich reichlich; der Anblick von da oben über das herrliche Rheinthal war wirklich bezaubernd, und dabei hatte sich der Himmel heute gerade nur leicht bewölkt und bei vollkommen reiner Luft mit seinen wundervollsten Tinten geschmückt, so daß sich der Wanderer
20 von dem Anblick kaum wieder losreißen konnte. Der Anblick söhnte ihn auch mit dem Rhein aus — welche Unannehmlichkeiten er auch bis jetzt gehabt, sie waren in der Stunde vergessen und vergeben; und als er an dem Abend an seinem Tisch im Hotel ganz allein saß und einer Flasche trefflichen
25 Markobrunners zusprach, trank er ein Glas nach dem andern auf das Wohl des Vater Rhein und seiner schönen Gauen.

Am nächsten Morgen war er früh auf und beschloß auch gleich einen Spaziergang nach Mühlheim zu. Bei einem alten einzeln lebenden Herrn gab es ja keine Stunde der
30 Etiquette, und er fand diesen gewiß schon auf und munter, wenn auch noch im Schlafrock und mit der langen Pfeife in seinem kleinen Gärtchen, konnte dann eine Stunde mit ihm plaudern und mittags seine Reise stromaufwärts fortsetzen.

Der Weg war wunderhübsch, durch lauter Rebengelände,

und von einer Masse von Landleuten belebt, die nach Koblenz zum Markt zogen; die Richtung konnte er indessen nicht verfehlen, und nach einer Stunde, in welcher er sich noch da und dort aufgehalten, erreichte er den kleinen, allerdings sehr unscheinbaren Ort, frühstückte erst in einer Weinschenke, denn es war doch unterwegs warm geworden, trank seinen Schoppen dazu und ließ sich dann durch einen Jungen, der sich bereitwillig dazu erbot und barfuß neben ihm hersprang, die Wohnung des alten Majors zeigen, die er sich freilich doch nicht so unscheinbar gedacht hatte, wie er sie jetzt fand.

Es war ein kleines einstöckiges Häuschen, das kaum mehr als einige Stuben enthalten konnte, mit niederen Fenstern und moosbewachsenem Schieferdach — ein Gärtchen lag allerdings daneben, aber es konnte kaum mehr als vierzig Schritte im Quadrat halten und schien auch mehr zum Gemüse- und Kartoffelbau als zu Zierpflanzen verwendet zu sein; nur einige Obstbäume standen darin. Und dort lebte ein Major, der doch wahrlich in früheren Zeiten eine bessere Einrichtung gewohnt gewesen! Der alte Soldat hatte jedenfalls recht; es ging dem Mann knapp und er konnte nicht viel auf äußeren Glanz verwenden, hatte sich dafür aber gewiß in seiner Häuslichkeit desto behaglicher eingerichtet.

Fritz öffnete auch ohne weiteres die Hausthür, riß aber rasch den Hut vom Kopf, als er sich dadurch plötzlich schon in der Stube des Majors und diesem gegenüber sah. Der alte Herr ging mit auf den Rücken gelegten Händen in seiner Stube auf und ab, blieb mitten in seinem Spaziergang stehen und sah sich erstaunt nach der Thür um, als diese so unerwartet aufgerissen wurde.

„Ich muß tausendmal um Entschuldigung bitten, verehrter Herr," sagte Fritz erschreckt; „aber ich glaubte nicht, daß die Thür direkt in Ihr Zimmer führte, und habe nicht einmal erst angeklopft."

"Bitte, keine Entschuldigung!" sagte der alte Soldat,

eine ehrwürdige, stattliche Gestalt, mit schneeweißem, aber noch militärisch zugestutztem Bart, indem er sein kleines Käppchen nur eben lüftete; — „wünschen Sie mich zu sprechen und mit was kann ich Ihnen dienen?"

5 „Ich habe Sie allerdings im Auftrage meines Vaters aufgesucht, Herr Major — Sie erlauben mir, daß ich mich durch dessen Brief einführe."

„Ihres Vaters?"

„Regierungsrat Wessel in Haßburg."

10 „Sind S i e der junge Wessel?" rief der Major, indem er ihn erstaunt betrachtete, — „und woher kommen Sie jetzt?"

„Von Köln, wo ich mich einige Wochen aufgehalten."

„Merkwürdig — merkwürdig!" sagte der Major, indem er
15 den Brief nahm und erbrach; — „aber wollen Sie sich nicht setzen? Legen Sie Ihren Hut ab — bitte, machen Sie nicht viel Umstände," setzte er mit einem bittern Blick auf seine Umgebung hinzu: „Sie sehen, daß wir hier in außerordentlich einfachen Verhältnissen leben."

20 Fritz warf einen flüchtigen Blick umher: Du lieber Himmel, der alte Herr hatte in der That recht — es waren einfache Verhältnisse und einfacher konnte eigentlich kein Tagelöhner wohnen, als der pensionierte Major es that. Das Zimmer war einfach geweißt und das ganze Ameublement
25 bestand in einem großen in der Mitte stehenden Tisch von weißem aber blank gescheuertem Tannenholz, einem kleineren, auf dem Schreibmaterialien lagen, einem kleinen Regal mit Büchern, drei hölzernen Stühlen und einem Miniatur-Spiegel in braunem Rahmen. Nur einige Bilder aus früherer Zeit
30 hingen an den Wänden und im Fenster standen freundliche, sorgfältig gepflegte Blumen. Aber wie sauber sah alles aus — wie leer freilich, aber doch auch wie nett und ordentlich; und Fritz nahm mit größerer Befangenheit auf einem der hölzernen Stühle Platz, als er wahrscheinlich in dem reichsten

und kostbarsten Salon gezeigt haben würde. Der Major, der indessen seine Brille von seinem Schreibtisch genommen hatte, überflog die Zeilen mit dem Blick, dann faltete er den Brief wieder zusammen, legte ihn auf den Tisch und starrte wohl eine halbe Minute lang schweigend vor sich nieder. Endlich sagte er leise:

„Mein junger Freund, es läßt sich eben nicht ändern. Thatsachen, die Sie selber mit Augen gesehen, sind unmöglich zu verheimlichen. Ich — lebe nicht mehr in den Verhältnissen, in denen mich Ihr Vater früher gekannt, und nur daß sie unverschuldet über mich gekommen, läßt mich dieselben leichter ertragen."

„Mein lieber Herr Major —"

„Bitte, lassen Sie mich ausreden. Wäre es anders, so verstände es sich von selbst, daß der Sohn meines teuersten Jugendfreundes auch bei mir seine Wohnung aufschlagen müßte."

„Aber mein bester Herr, ich bin nur im Vorbeifliegen bei Ihnen eingekehrt — nur um Ihnen des Vaters Grüße zu bringen und ihm endlich einmal Nachricht von Ihnen zu geben, da er auf alle seine Briefe keine Antwort erhalten hat."

„Ich habe ihm gestern geschrieben."

„Gestern?"

„Ja! — ich hatte eine Schuld an ihn abzutragen!"

„Eine Schuld? Davon hat er mir nie etwas gesagt."

„Das glaub' ich — sie ist auch noch neu — doch davon nachher — ein Glas Landwein kann ich Ihnen wenigstens vorsetzen und ein Butterbrod, daß wir einmal mitsammen anstoßen mögen — ich bin außerdem auch noch in Ihrer Schuld."

„In meiner Schuld! — ich verstehe Sie nicht."

„Sie sollen es gleich erfahren; ich lasse Sie nur einen Augenblick allein — bitte, behalten Sie Ihren Platz!"

Fritz wußte sich das Benehmen des alten Herrn nicht

zu erklären, und wünschte fast, daß er den Platz gar nicht betreten hätte. Es lag ein so tiefer Schmerz in den Zügen des Majors, mit so stiller, eiserner Resignation, daß ihm die Thränen in die Augen kamen. Und doch, wie hätte er hier
5 helfen können, denn er fühlte recht gut, daß schon die Andeutung eines solchen Erbietens den alten Soldaten auf das tiefste gekränkt hätte und jedenfalls starr und unerbittlich von ihm zurückgewiesen würde.

Die Thür öffnete sich wieder und herein trat der Major,
10 hinter ihm aber ein junges Mädchen, das eine Flasche und zwei Gläser trug und mit schüchternem Gruß auf den Tisch stellte.

Wo, um Gotteswillen, hatte er nun das Gesicht schon gesehen? Diese großen, braunen Augen mit den scharf ge-
15 schnittenen Brauen. Und was für wundervolles Haar das Mädchen hatte! — er mußte sich doch irren, denn das Haar wäre ihm unter allen Umständen aufgefallen.

Das junge Mädchen — sie mochte kaum achtzehn Jahre zählen — hatte sich indessen der Flasche und Gläser entledigt
20 und drehte ihm noch den Rücken zu, Fritz bemerkte aber, daß sie über und über rot geworden war. Sahen sie so selten hier Besuch oder schämte auch sie sich ihrer Armut? — Armes Ding! — da drehte sie sich plötzlich nach ihm um; ihr Antlitz war ordentlich purpurrot gefärbt, aber ihm die Hand ent-
25 gegenstreckend, sagte sie herzlich:

„Wie freue ich mich, daß ich Ihnen nochmals für die Hilfe danken kann, die Sie mir neulich in Köln geleistet! — o, ich wußte gar nicht, wie ich mir helfen sollte."

„Mein liebes gnädiges Fräulein!" rief Fritz ordentlich
30 erschreckt aus, denn erst in diesem Augenblick erkannte er das junge Mädchen aus dem Hotel; — „ich hatte keine Ahnung, daß —"

„Das arme hilflose Mädchen, die von einem Kellner beleidigte Fremde, die Tochter des Majors von Buttenholt sein könne," sagte der alte Major bitter; „ich glaube es Ihnen, aber desto ehrenvoller haben Sie sich benommen, und auch ich danke Ihnen herzlich für den Schutz, den Sie ihr gewährten, mein lieber junger Freund."

„Mein bester Herr Major —"

„Sie können sich denken, wie erstaunt ich war," fuhr dieser fort, „als mein armes Kind nach Hause zurückkehrte, erzählte, wie es ihr gegangen und mir Ihre Karte gab. Es versteht sich aber von selbst, daß ich meine Schuld so rasch als möglich abgetragen habe; und da ich natürlich nicht ahnen konnte, daß Sie mich alten, weggesetzten Invaliden hier in meiner Einsamkeit aufsuchen würden, so schickte ich gestern das Geld an Ihren Papa und schrieb ihm dabei, wie edel sein Sohn an einer armen Fremden gehandelt habe."

„Mein bester Herr, jener Kellner betrug sich so roh und flegelhaft —"

„Es bleibt sich gleich, das arme Kind war Ihnen doch vollkommen fremd und wußte sich in dem Augenblick nicht zu helfen. Sie ist schändlich von jener polnischen Familie behandelt worden."

Fritz schwieg; es war ihm ein gar so peinliches Gefühl, zu denken, daß der alte, auf seinen Rang und Namen doch gewiß noch stolze Herr sein einziges Kind hatte hinaus zu fremden Leuten und in Dienst geben müssen; und daß es ein Muß gewesen, du lieber Gott! er sah das ja hier aus allem, was ihn umgab. Der alte Major aber, der etwa erraten mochte, was in ihm vorging, schob ihm ein Glas hin und rief mit erzwungener Fröhlichkeit:

„Und nun trinken Sie erst einmal, mein lieber junger Freund! es ist zwar schnöder Landwein, aber doch nicht vom schlechtesten, und der gute Wille muß eben die Qualität ersetzen. Nachher aber erzählen Sie mir von meinem alten wackeren Freund, Ihrem Papa, und seinem Wohl soll das erste Glas gelten!"

Er schenkte ihm ein und Fritz konnte einer so freundlichen Einladung natürlich nicht widerstehen. Es war allerdings „schnöder Landwein" und in irgend einem Hotel würde ihn der etwas verwöhnte junge Mann jedenfalls verächtlich bei Seite geschoben haben; hier schmeckte er kaum, was er trank, und als ihm Margareth auf einem gewöhnlichen irdenen Teller die frische Butter brachte und ein großes Schwarzbrod dazu auf den Tisch legte und sich dann an's Fenster setzte, um mit einer aufgenommenen Arbeit seinen Worten zu lauschen, erzählte er erst von daheim, wie es sein Vater treibe und wie es ihm gehe — hatte er doch nur Gutes zu berichten — und kam dann auf seine eigene Reise, deren kleine Hindernisse er in so humoristischer und drolliger Weise schilderte, daß selbst der alte Major lächelte und ein paar Mal Margareths perlengleiche Zähne sichtbar wurden. Wie er aber auf die Vorgänge in Köln und den Verdacht kam, den man gegen den vermeintlichen Grafen Wladimir gefaßt, rief der Alte aus:

„Dann hat die Margareth doch recht gehabt! Mit dem Burschen ist es auch nicht richtig. Und wie haben diese Leute mein armes Kind behandelt!"

„Waren denn die Damen auch unfreundlich mit ihr?"

„Die Alte nicht, aber die Junge soll ein wahrer Satan gewesen sein."

„Die Comtesse Olga?"

„Sie war recht bös und hart mit mir," sagte Margareth leise; „und ich that doch alles, was ich ihr an den Augen absehen konnte."

Fritz gab es bei den Worten einen Stich durch's Herz. Wie still, wie geduldig hatte das in guter Familie erzogene arme Kind die Mißhandlung — vielleicht einer Abenteuerin ertragen, nur um dem Vater eine Sorge abzunehmen, und wie war sie dafür von dem nichtsnutzigen Gesindel behandelt worden! Er bekam auch eine wirklich stille Wut auf jenes verführerische Geschöpf mit ihrem bezaubernden Lächeln, in welcher er einmal — verblendet wie er gewesen — das Ideal aller Weiblichkeit entdeckt zu haben glaubte. Mit all den Gedanken, die ihm hier durch den Kopf zogen, litt es ihn aber nicht lange bei dem alten Major; er mußte nach Koblenz zurück; er gab vor, heute Morgen Briefe zu erwarten, aber er komme noch einmal heraus, wenn es ihm der Major gestatte, um Abschied zu nehmen; er hatte ja auch versprochen, noch einmal nach Köln zurückzukehren und, wenn es ihm dann „seine Zeit" erlaubte, hielt er ebenfalls wieder in Koblenz an.

Ganz in Gedanken hatte er, während er noch sprach, seine Cigarrentasche herausgenommen, um sich eine Cigarre anzuzünden. Jetzt erst fiel ihm auf, daß der alte Major ja ohne lange Pfeife war, wie er ihn sich immer gedacht.

„Rauchen Sie gar nicht?" fragte er ihn, als er ihm die Tasche entgegenhielt, — „die Cigarren sind gut."

„Ich danke Ihnen — ich habe es mir vollkommen abgewöhnt," sagte der alte Soldat; „ich — vertrug es nicht."

Fritz sah, wie sich Margareth abwandte und ein gar so weher Schmerz ihr liebes Antlitz bewegte. Der alte Mann vertrug es wohl, aber hatte sich auch den letzten und liebsten Genuß versagt, um seinen ehrlichen Namen zu wahren, den der eigene Sohn unter die Füße getreten; und als Fritz bald darauf wieder den Weg in die Festung zurück schritt, summte es ihm so von allerlei wirren Gedanken durch den Kopf, daß selbst das reizende Landschaftsbild vor ihm wie mit einem dichten Nebel bedeckt schien und er nichts sah, als das bleiche, abgehärmte Gesicht der Tochter und die ernsten, resignierten Züge des alten Soldaten.

Neuntes Kapitel.

Schluß — natürlich mit einer Heirat.

Er hatte schon fast die Moselbrücke wieder erreicht, als ihm ein Herr begegnete, der ihn, als er ihn fast erreicht, scharf fixierte und etwas erstaunt schien; Fritz achtete allerdings nicht auf ihn und wollte vorüber gehen, als der Fremde auf ihn zutrat, ihm die Hand auf die Schulter legte und ausrief:

„Bist du's denn wirklich oder bist du's nicht?"

Fritz, eben nicht besonders guter Laune, warf nur einen raschen Blick auf den Fremden und knurrte dann ärgerlich:

„Lassen Sie mich! — ich bin's nicht." — Und damit schritt er weiter.

„Aber das ist ja gar nicht möglich!" rief jener hinter ihm drein: „Wladimir!"

Bei dem Namen zuckte Fritz zusammen: Wladimir? — er blieb fast unwillkürlich stehen.

„Nun, ich wußte doch, daß ich mich nicht geirrt haben konnte; sage mir nur, Mensch, wie kommst du jetzt noch, nach dem Vorgefallenen in Ems, hierher in die preußische Festung? Bist du denn wahnsinnig?"

Fritz hatte sich umgedreht und sah ihn starr und aufmerksam an; der andere mochte aber doch jetzt wohl, da er ihn genauer betrachtete, etwas Fremdes in seinen Zügen entdeckt haben, denn er war wieder zweifelhaft geworden.

„Was wünschen Sie eigentlich?" fragte Fritz ruhig. —

„Habe ich Ihnen nicht eben gesagt, daß ich es nicht bin?"

„Gut, mein Herr!" sagte der Fremde verdutzt; „es ist möglich, daß Sie es wirklich nicht sind; wenn aber doch, so erlauben Sie mir, Ihnen mitzuteilen, daß Sie mit einem Gesicht hier spazieren gehen, hinter dem ein Steckbrief erlassen ist, und Sie also eine sehr gefährliche Ähnlichkeit mit einer dritten Person haben —"

„Die Wladimir heißt?"

„Allerdings!"

„Und angeblich ein polnischer Graf und Ihr Freund ist?"

„Das erstere ja, das zweite nein!" rief der Fremde, durch die halbe Beschuldigung doch erschreckt. — „Sie müssen mich entschuldigen, aber ich habe nie in meinem Leben zwei Menschen gesehen, die sich so auffallend einander glichen — es ist zu merkwürdig."

„Und können Sie mir vielleicht sagen, wo ich im stande wäre, diesem Herrn Wladimir zu begegnen, um mich selber davon zu überzeugen?" fragte Fritz, nur um etwas Näheres über den Burschen zu erfahren. Der Fremde ging aber nicht in die Falle, denn er mochte jetzt selber unsicher geworden sein.

„Mein werter Herr," sagte er verbindlich „wenn Sie vorher wußten, daß jener Wladimir ein polnischer Graf sei, so müssen Sie ihm doch wohl schon einmal im Leben begegnet sein; ich habe ihn nur flüchtig in Ems kennen gelernt und dort, denke ich, werden Sie wohl das Nähere über ihn erfahren können!" — Und seinen Hut lüftend, drehte er sich ab und verfolgte seinen Weg, Fritz eben nicht in der besten Stimmung zurücklassend.

Fritz schritt in tiefen Gedanken nach Koblenz zurück, aber er war fast menschenscheu geworden, denn er mochte keinem der ihm Begegnenden in's Auge sehen, nur aus Furcht, wieder angeredet und für irgend einen andern gehalten zu werden. In seinem Hotel angekommen, schloß er sich gleich in sein Zimmer ein und begann einen Brief an seinen Vater, in dem er diesem seine bisherigen Erlebnisse schildern wollte. Merkwürdig leicht und rasch ging er aber bis zu dem heutigen

Schluß — natürlich mit einer Heirat. 99

Tag über alles hin, was ihn betroffen, und beschrieb nur auf
das ausführlichste sein Begegnen mit dem alten Major und
dessen Tochter. Als er den Brief beendet hatte, machte er einen Ausflug
5 in die benachbarten Berge und nahm sein Skizzenbuch mit.
Er wollte so wenig als möglich mit Menschen zusammen=
treffen und konnte sich dort draußen ja am besten seinen Platz
nach Gefallen aussuchen. Es war auch schon dunkel, ehe er
nach Koblenz zurückkehrte; der nächste Morgen fand ihn aber
10 schon wieder auf der Straße nach Mühlheim und er brauchte
diesmal keinen Führer, um ihm den Weg zu dem kleinen ärm=
lichen Hause zu zeigen. Er fand ihn allein, und fand ihn
Tag nach Tag, bis er mit sich im klaren war, daß er —
wenn er denn einmal heiraten sollte — keine bessere und
15 bravere Frau auf der weiten Welt finden könne, als eben
Margareth.

Diese stille Sorgfalt im Hause, diese Liebe zum Vater,
diese ruhige Heiterkeit in all der schweren Sorge und Armut;
die Thränen traten ihm oft in die Augen, wenn er sie heim=
20 lich dabei beobachtete. Und kein Wort der Klage hatte sie —
und doch wie anders mußte ihr Leben in ihren Kinderjahren
gewesen sein, wo sie, wie aus des alten Majors Erzählung
hervorging, sich in glücklichen Verhältnissen bewegte, während
jetzt der Mangel an ihrem Tisch saß und Sorge und Not bei
25 ihnen eingekehrt waren.

Und liebte sie ihn wieder? — Er glaubte: ja. — Er
hatte freilich keinen Beweis dafür, als ihr freundliches Lächeln
und leises Erröten, wenn er kam — den Blick, mit dem sie
von ihm Abschied nahm, wenn er ging; aber er hoffte, daß
30 sie sich an seiner Seite glücklich fühlen könne, und wenn er
auch nicht im stande war, ihr ein glänzendes Los zu
bieten, ein sorgenfreies jedenfalls.

In dieser Zeit erhielt er einen Brief von seinem Vater,
der ihm auf die Seele band, sich näher nach den Umständen

des Majors zu erkundigen und alles zu thun, was in seinen Kräften stehe, um dessen Lage zu erleichtern. — Geld könne er dazu von ihm bekommen, so viel er brauche, aber er fürchte, es würde dem alten hartköpfigen Soldaten schwer beizukommen sein.

Fritz lachte still vor sich hin — er wußte ein Mittel, ihm seine Lage zu erleichtern, und wanderte unmittelbar nach Empfang des Briefes wieder nach Mühlheim hinaus, erstaunte aber nicht wenig, als er einen kleinen gepackten Koffer mitten in der Stube und Margareth in Thränen fand. So herzlich ihn der Major bisher immer aufgenommen hatte, so schien er ihm doch heute nicht gelegen zu kommen. Er grüßte ihn halb verwirrt, und es war kein Zweifel, daß er irgend etwas hatte, was er nicht gern aussprechen mochte oder worin ihn wenigstens die Gegenwart des Fremden störte. Fritz versuchte eine gleichgiltige Unterhaltung anzuknüpfen, aber es ging nicht; der Major selber unterstützte ihn nicht darin und gab ihm nur ausweichende Antworten, und als endlich Margareth vollständig reisefertig das Zimmer betrat und ordentlich erschrak, als sie den jungen Freund bemerkte, da half eben nichts mehr — das eigentliche Hauptthema ließ sich nicht länger umgehen, es mußte zur Sprache gebracht werden.

„Sie wollen verreisen, mein gnädiges Fräulein," rief Fritz bestürzt aus, — „und wenn ich nicht zufällig herausgekommen wäre, hätte ich nicht einmal Abschied von Ihnen nehmen können?"

„Es ist so plötzlich gekommen," sagte Margareth leise.

„Und darf ich wissen, wohin Sie gehen?" fragte der junge Maler und sah sie dabei mit einem so herzlichen Blicke an, daß sie errötend die Augen zu Boden schlug. Sie erwiderte aber kein Wort und es entstand eine Pause, die zuletzt dem alten Manne peinlich wurde.

„Ja, Sie dürfen's wissen," sagte er endlich, „denn ein Geheimnis ist's ja doch nicht — Gretchen hat gestern Abend

Schluß — natürlich mit einer Heirat. 101

noch einen Brief bekommen, worin ihr in einer bekannten und guten Familie eine Stelle als Gouvernante angeboten wurde, wenn sie eben augenblicklich eintreten könnte. Die Sache ging ein bischen Hals über Kopf, aber — es läßt sich eben nicht ändern."

Der alte Herr schwieg und drehte sich dabei halb ab, denn das Auge des jungen Malers, das seines suchte, sollte die zerdrückte Thräne nicht sehen, die sich ihm zwischen die Wimpern stahl. Sie war ihm aber trotzdem nicht entgangen, und als sein Blick jetzt hinüber zu dem Mädchen flog und auch dort die stille, resignierte Trauer in ihren lieben Zügen entdeckte, da hielt er sich nicht länger.

„Herr Major," sagte er mit bewegter Stimme; „seien Sie mir nicht böse, daß ich mich in die Angelegenheiten Ihrer Familie gedrängt habe, aber ich möchte Ihnen gern mehr sein, als ein fremder, wandernder Maler, der flüchtig Ihr Haus besucht und dann weiter in die Ferne zieht. Sie sind der alte bewährte Freund meines Vaters, der noch an Ihnen mit all der alten Liebe hängt und mir noch heute geschrieben hat, wie er sich gefreut, daß ich Sie aufgesucht, und wie froh es ihn machen würde, etwas recht Gutes von Ihnen zu erfahren."

„Da wird er freilich noch ein klein wenig warten müssen," sagte der alte Soldat trocken; — „der gegenwärtige Augenblick, wo ich mich von meinem einzigen Kinde trennen soll, ist wenigstens nicht geeignet, ihm eine solche Mitteilung zu machen."

„Und wenn Sie sich nun doch nicht von ihm zu trennen brauchten?" rief Fritz mit zitternder Stimme.

„Nicht zu trennen brauchten?" wiederholte der Major erstaunt; — „wie meinen Sie das? Ich verstehe Sie nicht!"

„Herr Major!" brach da aber Fritz aus; „ich liebe Ihre Tochter! Margareth, wenn Sie mir nur ein klein wenig gut sind und glauben, mit einem so einfachen Menschen, wie ich bin, auskommen zu können, o so reichen Sie mir Ihre Hand und sagen Sie das kleine Wörtchen: Ja! — Seien Sie versichert," fuhr er bewegt fort, als das junge Mädchen wie mit Blut übergossen vor ihm stand und keine Silbe über die Lippen bringen konnte, — „daß ich nicht immer so ungeschickt bin, wie ich mich vielleicht in Ihrer Gegenwart gezeigt. Von Herzen bin ich auch gewiß nicht böse, und wenn Sie mich zu einem glücklichen Menschen machen, will ich Ihnen danken mein ganzes Leben lang. — Herr Major, legen Sie ein gutes Wort für mich ein."

Der alte Major stand sprachlos vor Überraschung und nur sein Blick suchte die Tochter, aber Fritz war einmal im Gang. So schüchtern er sich sonst gewöhnlich bei allen wichtigen Lebensfragen zeigte, heute schien er seine Scheu gewaltsam abgeschüttelt zu haben, und auf Margareth zugehend und ihre Hand ergreifend, sagte er leise und herzlich:

„Margareth, willst du mein liebes Weib sein? — bist du mir denn ein ganz klein wenig gut?" — Da neigte sie leise ihr Haupt auf seine Schulter und flüsterte ein kaum hörbares, aber doch so seliges: „Ja!" und Fritz umschlang sie jubelnd mit seinem rechten Arm, und drückte den ersten, heiligen Kuß auf ihre Stirn.

Es wäre aber unmöglich, das Glück der guten Menschen jetzt zu schildern, und dem alten Manne liefen dabei die großen hellen Thränen in den weißen Bart hinab. Fritz hatte aber auch schon allerlei Pläne fix und fertig. Hier durfte der Major natürlich nicht allein wohnen bleiben; er sollte sein Häuschen verkaufen und mit seinen Kindern nach Haßburg zu seinem alten Freunde ziehen. „Die Regulierung seiner Geschäfte würde sein eigener Vater schon übernehmen, der sei außerordentlich praktisch; er selber verstehe gar nichts davon, aber daß sich Margareth wohl und glücklich bei ihm fühlen würde, dafür bürge er ihm mit seinem eigenen Herzblut."

Der Major lächelte, aber er ließ ihn plaudern, als er

Schluß — natürlich mit einer Heirat.   103

jetzt mit leuchtenden Blicken erzählte, wie ihn sein Vater
eigenhändig auf die Brautschau geschickt habe, damit er end=
lich einmal ein selbstständiger, vernünftiger Mensch — natür=
lich mit Hilfe einer Frau — werden solle.

Von Margareths Reise war natürlich nicht mehr die
Rede; sie mußte sich augenblicklich hinsetzen und einen Absage=
brief schreiben, und Fritz selber eilte an dem Nachmittag in
einem wahren Taumel von Wonne nach Koblenz zurück, um
zuerst an seinen Vater zu telegraphieren und ihm dann noch
an demselben Abend ausführlich zu schreiben und ihn zu
bitten, selber nach Koblenz zu kommen, um alles weitere zu
ordnen und die nöthigen Papiere — ohne die wir armen
Sterblichen nun einmal nicht glücklich werden können — mit=
zubringen.

In diesen Tagen, die er natürlich mehr in Mühlheim
als in Koblenz zubrachte und wo er nur nachts in seinem
Hotel schlief, erhielt er eines Abends einen Brief aus Köln
von seinem alten Freund, dem Kanzleirat, worin ihn dieser
bat, ungesäumt auf einen Tag nach Köln zu kommen, da die
Polizei nach ihm verlangt habe. Er würde nicht lange auf=
gehalten werden; übrigens begriffe der Kanzleirat nicht, was
er so lange in dem langweiligen Nest, dem Koblenz zu sitzen
habe; er hätte wohl schon lange wieder einmal einen Abstecher
nach dem freundlichen Köln machen können, ohne erst auf eine
polizeiliche Einladung zu warten.

Fritz, obgleich er sich jetzt nicht gern von Mühlheim
trennte, war doch insofern mit einem kurzen Abstecher nach
Köln einverstanden, als er eine Masse von Einkäufen zu
machen hatte, die er jedenfalls dort besser als in Koblenz
ausführen konnte. Schon am nächsten Morgen, nachdem er
Margareth nur ein paar erklärende Zeilen geschrieben, fuhr
er mit dem Frühzug ab und wurde wieder im Hause des
Kanzleirats auf das herzlichste aufgenommen, überraschte
diesen aber gründlich mit der Nachricht seiner Verlobung, die

jedoch den alten, freundlichen Herrn fast zu Thränen rührte und seine volle Billigung fand.

Und was sollte er auf der Polizei? — Ja, davon wußte der Kanzleirat gar nichts. Der Polizeidirektor hatte nur zu ihm geschickt und ihn bitten lassen, wenn er die Adresse des Herrn Friedrich Wessel wisse und dieser sich noch in der Nähe befinde, ihn zu ersuchen, sich so bald als möglich auf dem Amt einzufinden, da er ihm eine Mitteilung zu machen habe.

Fritz, um die Sache so rasch als möglich zu erledigen, begab sich ungesäumt dorthin und erfuhr hier, daß man jenen Grafen Wladimir alias Baron von Senken, alias Friedrich Wessel, alias Lord Douglas, der aber, wie sich jetzt herausgestellt, nur ein Schneidergeselle Namens Oskar Schullek aus Haßburg war, bei einem Silberdiebstahl eingefangen und auch schon zu einem vollen Geständis gebracht habe. Er hatte erzählt, daß er schon in Haßburg oft für den Maler Wessel, den er recht gut von Ansehen kannte, gehalten worden sei und die Ähnlichkeit auch zuweilen benützt habe, um sich aus Verlegenheiten zu ziehen. Er bestätigte auch, ihn in Mainz gesehen zu haben. In Ems machte er einen Versuch, die Spielbank zu bestehlen, wurde aber entdeckt und aus dem Saal gestoßen und verließ Ems gleich darauf. Dadurch erklärte sich auch wohl das Aufsehen, das Fritz erregte, als er mit der unbefangensten Miene von der Welt gleich den Abend danach — und wie man glaubte, nur mit abrasiertem Schnurrbart — in den nämlichen Sälen spazieren ging, und er wunderte sich jetzt nicht mehr über die Aufmerksamkeit, die man ihm dort geschenkt.

Und die beiden Damen, Comtesse Olga und ihre Mutter?

Waren ein Paar ganz gemeine Betrügerinnen, die in dem polnischen Hause, dessen Namen sie sich fälschlich zugeeignet, als Kammerfrau und Haushälterin gedient und dann

Schluß — natürlich mit einer Heirat.

einen gemeinschaftlichen Diebstahl ausgeführt hatten. Ein russischer Beamter war ihnen gefolgt, und hatte sie drüben in Deutz erkannt. Sie befanden sich jetzt, in seiner Begleitung, auf ihrem Weg in die Heimat, um dort ihre verdiente Strafe zu verbüßen.

Am zweiten Abend hatte Fritz alles besorgt und seine Abreise auf den nächsten Morgen festgestellt. Gegen Abend, bei wundervollem Wetter, machten sie noch einen Spaziergang nach dem zoologischen Garten hinaus und schlenderten dort in den herrlichen Anlagen und zwischen den wilden Bestien herum. Da hörte Fritz plötzlich seinen Namen rufen, und sich rasch danach umdrehend, sah er sich der ganzen Familie des Doktor Raspe, den beiden jungen Damen Rosa und Viola und seinem alten Freund Claus Beldorf gegenüber, der auf ihn zusprang und ihm herzlich die Hand schüttelte.

Nicht so erfreut schienen die beiden jungen Damen über das Zusammentreffen; sie sahen wenigstens außerordentlich verlegen aus und waren blutrot geworden. Auch Dr. Raspe mochte sich nicht recht behaglich fühlen; er ging wenigstens auf Fritz zu, reichte ihm die Hand und sagte:

„Der Schafskopf von Oberkellner hat uns da eine schöne Geschichte aufgebunden; — es freut mich außerordentlich, daß Sie —"

„Kein thatsächlicher Spitzbube sind, nicht wahr, Herr Doktor?" lachte Fritz: — „und die jungen Damen haben es gewiß so bedauert."

„Aber weißt du denn, daß sie den eigentlichen Kujon, der auf deinen Namen gereist ist, eingefangen haben?" rief Claus.

„O sicher," lächelte der junge Maler; — „ich stehe seit der Zeit mit der Polizei in so genauer Verbindung, daß ich von allem unterrichtet werde. Aber ich fürchte, wir stören die Damen —"

„Ich bitte Sie dringend," nahm der Doktor das Gespräch wieder auf, — „uns ja zu besuchen, wenn Sie wieder nach Mainz kommen. Wir wollen morgen früh dahin aufbrechen."

„Dann habe ich vielleicht das Vergnügen Ihrer Begleitung bis Koblenz," erwiderte Fritz, „wohin ich ebenfalls morgen früh zurückkehre, um meine Braut dort nicht so lange allein zu lassen."

„Deine Braut?" rief Claus erstaunt aus; — „und darf man fragen?"

"Gewiß! — Fräulein von Buttenholt, die Tochter des Majors von Buttenholt, eines alten Freundes meines Vaters."

„In der That?" stotterte der Doktor; „das ist ja recht rasch gekommen."

„Eine alte Bekanntschaft," lächelte Fritz und warf einen Blick auf Viola hinüber, die jetzt aber plötzlich ein sehr ernstes und vornehmes Gesicht machte. — „Doch ich störe gewiß die Damen — mein lieber Herr Doktor, es hat mich herzlich gefreut, Ihnen wieder begegnet zu sein. — Lieber Claus, wir sehen uns jedenfalls in Haßburg. Meine Damen, ich habe die Ehre, mich Ihnen gehorsamst zu empfehlen!" —Und mit einer sehr höflichen, aber auch förmlichen Verbeugung nahm er den Arm des Kanzleirats, den er der Gesellschaft nicht einmal vorgestellt, und wanderte mit ihm weiter, in einen der Gänge hinab.

Das übrige ist bald erzählt. Zwei Tage später traf sein Vater in Koblenz ein und rührend war das Wiedersehen der beiden alten Herren in dem Glück ihrer Kinder.

Der Major sträubte sich allerdings anfangs, noch mit nach Haßburg zu ziehen, aber es half ihm nichts, der Regierungsrat gab nicht nach. Die Hochzeit wurde auch jetzt beschleunigt und vier Wochen später reiste das junge, glückliche Paar, von den Segenswünschen der Väter begleitet, über

Hamburg und Berlin zurück in die Heimat, um sich dort ihren eigenen Herd zu gründen, und erst in Hamburg ließ sich Fritz seinen schon ziemlich stark gewachsenen Bart abrasieren — Margareth hatte ihn darum gebeten, weil sie ihn jetzt gegen alle weiteren Anfechtungen vollständig gesichert glaubte.

NOTES.

The full-face figures refer to the pages; the ordinary figures, to the lines.

3. Irrfahrten, from **fahren,** *go, journey,* and **irren,** *stray;* hence *wanderings, goings astray.*—1. **Regierungsrat,** *Government Councillor.* The Germans have and use a large number of honorary titles which they greatly prize. A man having such a title must be always addressed by it, and his wife by its feminine form in -in; cf. p. **63,** 14: **Archivrat, bie Archivrätin,** etc.—**beffen;** the demonstrative pronoun is much used where we use a personal pronoun; trans. *his.*—2. **Frühstückstisch,** *breakfast-table.* The student must not expect to find compound words like this in any dictionary, and must accustom himself at once to analyze them and look up the component parts separately.—4. **bie ... Zeitung;** cf. p. 134, V, *b.*—5. **Nachdenken,** *reflection, thought.* Any infinitive can be used as a neuter noun; cf. below **Grübeln.**—10. **bieser,** *this one,* i.e., the one last spoken of; translate, *the latter;* so **jener** is used for *the former.*—11. **nichts ... baß,** *seemed to have no suspicion of this, that;* i.e., *seemed to have no suspicion that.* In German **ba** compounded with a preposition is used to anticipate an infinitive clause or a clause introduced by **baß** which takes the place of a noun governed by that preposition. It must generally be left untranslated; cf. p. **4,** 7.—12. **ihm ... könne,** *could concern him;* **gelten,** like a number of other verbs, takes its object in the dative; **könne** is a subjunctive of indirect statement depending on **ahnen.** Observe that while in English the past tense is always used in indirect statement, in German that tense is generally found which would have been used had the statement been direct.—15. **was ... können,** *which could have troubled or excited him;* the pluperf. subjunctive of **können** (for order, cf. p. 133, IV, 4*a*). *a.* The modal auxiliaries, when used with a dependent infinitive, in the perfect and pluperfect tenses, change their past participle to an infinitive. *b.* The absence of a full conjugation of these auxiliaries in English makes the German and English equivalent expressions often very unlike one another. Usually to turn the auxiliary into a phrase, like *to be able, to be obliged*, etc., will give the key to the translation: as here, *which would have been able to excite him*. c. This is a sort of potential subjunctive, i.e., one where the condition is very vaguely implied. —16. nicht einmal, *not even*; cf. l. 21, bann . . . einmal, *not even then*. —21. alle . . . Arbeit; cf. p. 134, V, b.—22. für reich gelten, *pass for rich, be considered rich*.

4. 5. ließ . . . kommen, *took things as they came, took life easily*. —6. ba, *as, since*; a conjunction; to be distinguished from the adverb ba, *then, there*, by the position of the following verb: cf. p. 133, IV, 3, and p. 132, III, 1.—sich Sorge machen, *worry*.—7. baran baß, cf. note to p. 3, 11.—könne, cf. note to p. 3, 12.—8. in der That, *indeed*.—Ähnliches, *something of the kind*.—9. blieb stehen, *stopped*, literally *remained standing*.—ein Paar, *a couple*, i.e., *two*; ein paar, *a couple*, i.e., *a few*; a noun is unvaried after either, as here: *a couple of times*.—16. bas geht nicht, *that will not go or do*; the present is very commonly used for the future.—Sache, *affair, matter*.—22. boch is often used merely to add emphasis to a statement, as here: bu . . . benken, *you can surely think*; cf. below l. 29, also p. 8, 11, etc. This adverb, which is often a stumbling-block to the beginner in translation, is historically the same with our *though*, and can almost always be rendered by that word, if put in the right place and uttered with the right emphasis: so here, *you can surely think, though*.—25. von, trans. *in*.—33. jetzt . . . bunt, *now you are going too far*, literally *now it is getting too gay for me*.—34. leugnen; cf. note to p. 3, 5; here subject of hilft.—dir; cf. note to p. 3, 12.

5. 2. aus der Harmonie, *from the club* (cf. Grimm's dictionary: Gesellige Vereine führen oft den Namen „Harmonie").—5. überführen. With the prefixes durch, hinter, über, unter, um, wieder, and voll are formed both separable and inseparable verbs, the meaning of the former being more literal, that of the latter more metaphorical. Thus überführen used separably means *lead over*, inseparably, *convince, convict*.— 6. es liegt mir nichts daran, *I am not anxious, I do not care to see*, etc.; cf. also note to p. 3, 11.—Stadtrat; cf. note to p. 3, 1. — 7. Kinderstreiche; a word is spaced, i.e., printed with spaces be-

tween the letters, to make it emphatic, as we use italics in English.
—9. laffen ... prügeln, *do not let themselves be beaten or thrashed.*
An infinitive depending on laffen must generally be translated by
a passive infinitive.—12. etwas satt haben, *have enough of something.*—13. gemacht werden, *be made or put.* The passive with
werden represents the action of the verb as in process, that with sein
the condition which follows the action, a distinction made in English only in the present tense: thus, *the house is* (i.e., *has been*)
built, das Haus ist gebaut; *the house is being built,* das Haus wird gebaut.—
17. etwa, *possibly.*—18. das ist jedenfalls, *that is in any case,* i.e.,
that must surely be.—20. ich ... absehen, *I will overlook or pass over
that case.*—23. Rathaus, *city hall.*—26. ein ... elf, *quarter past ten;
quarter before eleven* would be drei Viertel auf elf.—33. schaute ...
drein, *looked so innocent.*

6. 2. es ... daß, *were perhaps on that account not sorry to see
(it) that;* es is often used to anticipate a clause which is the real
object of a verb; it cannot be translated. Cf. a like construction
with a preposition, note to p. 3, 11.—3. die Straße herab, *down the
street;* from ab, *down,* and her, *this way,* toward the speaker, as hin
always means *that way,* away from the speaker. These two
adverbs hin and her are constantly inserted in German, but they
often cannot be rendered in English.—7. Herren Nachtwächter, *the
Messrs. Nightwatchmen,* ironical.—16. einer Unzahl ähnlich, *like
an infinite number;* many adjectives are modified by a dative.—
alle Augenblicke, *every instant, constantly;* the accusative is used to
express measure of time, space, etc.—17. werde ich angeredet; cf.
note to p. 5, 13.—19. mir ... sein, *to have met me;* cf. note to
p. 3, 12.—21. geirrt (haben); cf. p. 133, IV, 4*b.*—23. Contremarke is
a check which permits one to go in and out of a theatre between
the acts. This word is taken from the French, as are most other
German words relating to the theatre. The Germans have made
a great effort to banish from use the large number of French
words and derivatives which have crept into their language, but
many are still in constant use and have no exact German equiv-
alents. Cf. l. 24: Logenschließer, *usher,* literally *box-closer,* from the
French LOGE, *box* (at a theatre).—Gott bewahre, literally *God pre-
serve (us from it),* hence *God forbid! by no means!*—27. grüßt mich

alle Welt, *every one bows to me.*—28. begegnet, kommt, sagt, present used for past.—29. (es) ist, (ich) konnte; a subject pronoun is often omitted in familiar conversation.—32. im stande sein, *to be in a condition, be able;* this is a conditional sentence with the conclusion unexpressed : *If you*, etc., *I should be very glad.*—gefälligst zu berichtigen, *most kindly to pay.*—33. rein zum Tollwerden, *enough to drive one quite crazy.*—34. stehen zu lassen, *to let stand* or *grow, to raise.*

7. 1. etwas Bestimmtes, *something decided* or *characteristic.*—5. hin; cf. note to p. 6, 3.—9. mit sich im reinen sein, *to be clear with one's self, to have made up one's mind.*—indem . . . blieb, *stopping again,* etc., the usual English idiom for clauses introduced by indem.—12. hin und her überlegt, *considered it in every light;* cf. notes to p. 5, 5 and 6, 3.—15. Schlußfolgerung, *conclusion, inference.*—18. Knall und Fall, *slap-bang, suddenly.*—soll, *am to;* sollen almost always implies obligation or duty, though less imperative than müssen, which implies force or compulsion. — 19. aufrichtig gestanden, *honestly confessed,* trans. *to tell the truth.*—20. mit . . . gedacht, *not thought a word about it.*—28. möchte, *would like;* mögen can generally be translated by *may,* but it is often used as here with the meaning *liking* or *desire,* especially in the present and the imperfect subjunctive.—29. findet . . . Zeit, *something will be found* or *will turn up in time.* The Germans often employ a reflexive where we use a passive. Cf. also note to p. 4, 16.

8. 4. zutrauen, with dative, *believe of, expect of.*—8. läßt . . . kommen; cf. note to p. 4, 5.—9. und . . . haben; in stating a condition contrary to fact the conditional and subjunctive moods must be used ; if the condition is true or even possible the indicative is used. Thus: ich wäre gegangen, wenn er gekommen wäre, *I would have gone if he had come,* but ich werde gehen, wenn er kommt, *I will go if* or *when he comes.*—10. sich eine eigene Bahn brechen, *make a career for one's self, make one's own way.*—25. darf nicht, *is not allowed to,* i.e., *must not.*—26. Wesen, *being,* also often *way, manner;* from an old infinitive from which comes gewesen. Cf. 1. 33: abwesend, *being away, absent.*—29. jemand los werden, *get rid of some one.*—32. lieb sein, with dative, *be dear to, be agreeable to.*—eine Zeitlang, *for a time;* cf. note to p. 6, 16.—33. denn is one of the few conjunctions which do not

change the order of the sentence; for cause of inversion cf. p. 132, III, 3. So also p. 9, 2 : ift alfo jemanb.
9. 3. **auf,** trans. *in* or *under*.—4. **fo** is constantly used to introduce the principal clause after a condition; it is to be left untranslated or translated *then*.—5. **bin befreit;** cf. notes to p. 5, 13 and p. 4, 16.—10. **erft.** This adverb, beside its primary meaning *first* (cf. p. 8, 27, **baß bu erft gingft,** *that you should first go*), has the meaning *only,* i.e., *for the first time, not until, not before:* so here, **erft neulich,** *only lately;* p. 10, 5, **erft einmal,** *only once;* p. 15, 15, **erft in etwa vier Wochen,** *not for about four weeks.*—12. **ehe ... fann,** *before I can (go) away;* after a modal auxiliary a dependent infinitive is often left unexpressed and must be supplied from the context.—16. **meinet= wegen,** literally, *for my sake;* hence, *for all I care, as far as I am concerned (so be it).*—17. **Raffe,** *money-box, money matters.*—23. **Bleibt ... gleich,** *isn't that all the same,* i.e., *a matter of indifference?* —26. **benfe ... intereffanteften,** *seems to me most interesting;* a superlative can never be used in its uninflected form as predicate adjective and rarely as adverb; phrases with **an** or **auf** are used instead. Cf. p. 53, 8: **auf bas mißtrauifchfte,** *most distrustfully.*—32. **felbft ... Schritten,** *even in less important matters* or *steps.*
10. 6. **Stubien,** plural of **Stubium,** *sketch.*—8. **wäre,** trans. *is;* cf. note to p. 3, 15, c.—**in der Zeit,** *meantime.*—9. **Wäfche,** literally *washing,* from the verb **wafchen;** used of all the white or washable part of the wardrobe; trans. *linen.* — 22. **einen** POSTE-RESTANTE-**Brief** = einen **poftlagernden Brief,** *a letter to be left at the post-office till called for.* The older expression is from the French.
11. 1. **ausftellen;** cf. note to p. 5, 9.—13. **wie geht's,** *how goes it,* i.e., *how are you?* the ordinary greeting.—14. **ich bin es,** *it is I.*— 22. **bas ftimmt,** *that agrees,* i.e., *that is right.*—34. **(es) fällt ... ein;** cf. note to p. 6, 29.
12. 4. **willft,** *are about to;* **wollen** often signifies something impending.—10. **hätteft ... können;** cf. note to p. 3, 15.—11. **es gibt; geben** is used impersonally with the meaning *there is, there are,* etc. —**zum Anbeißen,** *good enough to eat;* cf. note to p. 6, 33.—15. **Doch,** (*I did*) *though,* often used to give an affirmative answer to a negative question, or as a mild form of contradiction; cf. note to p. 4, 22.—16. **Papiere;** the *papers* referred to are various certificates of

birth, baptism, confirmation, etc., which the law requires from both parties to a marriage.—17. **meinem Alten,** i.e., meinem Vater.— 26. **deinen Weg besorgt,** *done your errand.*—31. Mayence, Coblenz, Bonne, and Cologne are all cities on the Rhine.—**es ... gleich;** cf. note to p. 9, 23.—33. **ein paar,** cf. note to p. 4, 9.—34. **Braut,** though historically the same word as our English *bride,* is used in German only of a girl who is betrothed or engaged; cf. **Bräutigam,** *an engaged man, fiancé.*

13. 8. **eins ... aus,** *I make one condition;* notice that **ein** and **kein,** when used as pronouns, have the full declensional endings.— 9. **den ... spielen,** *play the amiable,* i. e., *pay attentions* (**bei,** *to*).— 23. **Alle Wetter,** a meaningless exclamation; trans. *thunder!*—26. **man ... malen,** *one should not paint the devil on the wall,* i.e., *it is unwise to conjure up the devil or danger.*—34. **vom ... Karten;** cf. p. 134, V, *b.*—**hatte liegen,** *had lying.*—**Bürgermeister,** *mayor.*

14. 3. **Silbergroschen;** a **Groschen** is a small coin worth about 2½ cents; **fünf Silbergroschen,** a small silver coin worth five **Groschen.** German money has been simplified in late years and consists properly only of the **Mark** and the **Pfennig** (100 pfennigs = one mark = about 25 cents of our money); but the Germans still use very commonly the old word **Thaler** (worth 3 marks) and sometimes **Groschen.** The **Gulden** or **Florin** (worth about 40 cents) and the **Kreuzer** (about half a cent) were formerly used in South Germany and on the Rhine, but now belong only to Austrian currency.—15. **Aktenmensch,** literally *man of documents, official.*—20. **was,** *why.*— 24. **Hör' einmal,** *just listen.*—26. **schnarrt,** *grates.*—27. **zum Henker,** literally *what the hangman!* a common exclamation; like, *what the Dickens! what in thunder!*—**es geht mich an,** *it concerns me.*

15. 4. **werden sein,** *may be, are probably;* the future is often used to express a conjecture.—7. **einen dummen Streich machen,** *do a foolish thing.*—9. **fällt mir ein,** the subject (**es**) of an impersonal phrase is very often omitted, especially when, by the rules of arrangement, it would stand after the verb.—**sie,** i.e., **die Familie.**— 11. **Bad,** *watering-place;* among the hills about Frankfort and along the Rhine are a large number of mineral springs, around each of which has grown up a town or village. These places are frequented not only by those who go as invalids to take the baths and drink the waters, but by large numbers of people who go simply for change of air and country life in the summer.—11. **Bis**, *until*, here *before, as soon as.*—12. **an...Stelle**, *on the spot.*—13. **nach** has three meanings: of time *after*, of place *to* (cf. below **nach Mainz**), *toward*, of manner *according to*. In the latter sense it often follows its noun, as here.—23. **hätteſt du**, *might you have*, i.e., *do you happen to have;* a potential subjunctive.—26. **Vorderſeite**; when two or more compounds having the same final member follow one another, that final member is generally left unexpressed except in the last word, the other prefixes being followed by a hyphen.— 29. **genau ſo gewachſen**, *of just the same figure*, literally *grown in just the same way.*—33. **erſt**, cf. note to p. 9, 10.—34. **ein...Briefe**, *a couple of short letters;* literally *even though short*.

16. 18. **an den;** with **ſich erinnern**, *remember* (as well as with **harren, achten, vergeſſen**, and a number of other verbs), what would in English be the direct object, may be expressed by the genitive, or by an accusative with **an** or **auf**.—**erinnern wirſt**; cf. note to p. 15, 4.—24. **müſſen**; for order see p. 133, IV, 4a.—26. **Braut mit**, i.e., *engaged to;* cf. note to p. 12, 34.—31. **Sieh einmal an;** cf. note to p. 14, 24. —32. **ſich häuslich niederzulaſſen**, *to settle down into domestic life*.

17. 2. **daß...bringt**, *that one comes to no good with*, etc., literally *brings it to nothing sensible.*—13. **bei**, *with*, i.e., *busied with.*— 16. **wozu auch**, trans. *why should he?* literally *for what too?*—18. **fix und fertig**, *quite finished* or *ready.*—22. **Coupé**; in Germany each railroad-car is divided transversely into three or four entirely separate compartments called **Coupés** [or **Abteilungen**], which are entered by doors at either side. The passengers sit in two rows facing one another as in a carriage, some of course riding backward. The windows are in the doors and on either side of the same. These doors are closed and locked from the outside while the train is in motion, but are opened at each station by the conductor (**Schaffner**) if any one wishes to enter or leave the **Coupé**. Each train has **Coupés** of three, or even of four, classes. Germans of the middle class, even when quite rich, generally travel second class, the saying being that: Only princes, Englishmen and fools travel first class. The words **Coupé** and **Klaſſe** are both of French origin. The effort to drive all such words from the language (cf. note to p. 6, 23) has been vigorously supported by the government, and, as most of the railways are state property, it has been especially successful in respect to them. The Prussian government have adopted a set of words to take the place of the French railway terms and print them in all their time-tables, etc. But the older and more familiar words are still in constant unofficial use. This book was written before the new era and has the older terms. As one must now be familiar with both in order to travel in Germany or to read German with comfort, the new form (if there is one) will be given after the old in the notes: thus, **Coupé = Wagenabteilung.—Nicht-Rauchcoupé = Nichtraucherabteilung**; smoking is so much more common and regarded with so much more toleration in Germany than with us, that a German train, instead of being provided with a smoking-car, has only two or three "*not-smoking-cars.*"—25. **Mit ... Sache**, *travelling on a railway train is a very curious thing.*—27. **kann** (thun), cf. note to p. 9, 12.—**mir**; the dative of a personal pronoun is often introduced into a sentence in an expletive manner, for liveliness of expression, like the Latin 'ethical dative': so here, *they will not believe it of me.*— 28. **zu lernen**, *to be learned.*

18. 1. **Billet = Fahrkarte.—gebe ... auf**, *give up my things*, i.e., *baggage.*—2. **mit**, *along (with the train).*—**ein jeder**, *any one.*—4. **Zehn ... eins**, *ten to one.*—7. **ein ... Bursche**; cf. p. 134, V, b.—**ihr**, *to her.*—11. **möchte**; cf. note to p. 7, 28.—13. **Zug**, *draught*, from **ziehen**, *draw*, from which **Zug** takes also the meanings *train*, cf. p. 17, 25; and *pulley*, cf. p. 36, 29.—16. **aber ... begriffe** ' *but in a state of exhaustion*, literally *dissolution.*—18. **hätte vermeiden können**; cf. note to p. 3, 15.—21. **Trinkgeld**, *fee*, literally *drink-money.* —22. **du lieber Gott**, merely an interjection. The Germans use the name of God constantly in a way which to us seems profane, but which has no such meaning or sound to them.—23. **und ... besoldete**, *and very ill-paid ones too.* — **widersteht ... Cigarren**; cf. note to p. 3, 12.—28. A second-class **Coupé** is generally arranged for eight persons, a first-class for six, a third for ten.—29. **dicht daneben**, *close by, next door.*—30. **kein ... konnte**, i.e., on account of the crowd; cf. note to p. 9, 12.

19. 7. **Giessen**, a small town with a well-known university.—

NOTES. 117

darf; cf. note to p. 6, 29.—hinein thun, *put in.*—13. zum... für, *for the benefit of.*—16. wenn auch; cf. note to p. 15, 34.—18. Anfüllen; cf. note to p. 3, 5.—27. Köln, *Cologne.*—28. von da ab, *from there on.*—29. war... herumgegangen, *had filled his thoughts,* literally *gone around in his head.*

20. 2. Was... daran; cf. notes to p. 5, 6 and p. 3, 11.—15. so... angeht, *as long as it goes,* i.e., *is possible.*—16. Badereisenden; cf. note to p. 15, 11.—18. lachte Fritz, *said Fritz laughing.*—20. es ... sein, *it shall not be to your injury,* i.e., *you shall not lose by it.*— 21. es läutete, *it* (i.e., the bell) *rang;* the Germans use a large number of verbs impersonally which in English require a definite subject.—23. Perron = Bahnsteig.—32. belegen, *engage,* i.e., by laying something on (cf. Grimm's dictionary : die Bank im Wagen belegt man durch Hinlegen eines Kleidungsstückes).

21. 7. der; cf. note to p. 3, 12.—12. gefälligst, literally *most pleasingly, kindly;* often takes the place of our '*if you please,*' '*please.*'—die... Zeit, *high time.*—14. Schade um, *a pity* or *too bad about.*—indem... hineinwarf; cf. note to p. 7, 9.—15. kaum erst, *only just.*—16. hinaus; cf. note to p. 15, 26.—17. hintereinander, *one after another.*

22. 1. dankte, *thanked,* i.e., *returned his bow.* — 13. herausbekommen, *find out.* — 16. Barrett, *barret, cap.* — Flamingobusch, *flamingo-plume.*—20. ging... gekleidet, *was dressed.*—27. vis-à-vis = gegenüber.—man... an, *one saw in her.*

23. 2. sonst... ob, *otherwise did not act in the least as if.*—4. verkehrten, *associated,* i.e., *talked.*—11. nach; cf. note to p. 15, 13.— 12. Müller oder Meier; cf. p. 6, 25.—14. Zum Verzweifeln; cf. note to p. 6, 33.—26. Accent = Betonung.—28. Geniert es Sie, *does* or *will it incommode you?*—31. im Nu, *instantly.*

24. 11. unentwirrbar, *inextricable, unintelligible.* — 14. immer with a verb gives the idea of the continuance or persistence of the action, as here: *it still seemed to him,* etc.—16. verstehe, subjunctive of indirect discourse after vermuten, *suspect.*—17. daß, *so that.*—21. Möglich, *it was possible.*—der... mächtig, *master of the strange language;* many adjectives are modified by a dependent genitive.—25. noch dazu, *so much the more so.*—28. dem... machen, *to put a stop to it at any price.*—30. Mein gnädiges Fräulein, literally *my gracious young lady*, translate *madam*; gnädig is often prefixed to Herr, Frau or Fräulein when the family name is not known or not used, as a mere polite form.

25. 3. wohl, *probably, surely.*—4. französisch anreden, *address in French.*—5. jetzt... Reihe, *now it was Fritz's turn.*—6. besorgte, *accomplished, did.*—im stande; cf. note to p. 6, 32.—21. Nicht wahr, *is it not true?* a common way of asking a question.—Warschau, *Warsaw,* capital of Poland.—24. Meier; cf. p. 23, 12.—31. haben; a plural verb is sometimes used with a singular subject in addressing a superior or a person to whom one wishes to show the greatest respect. This is not now considered good usage. (Cf. Whitney, 22. 4. *q.*)—33. *Italy* and *Switzerland.*

26. 1. geriet... hinein, *and again fell into that wretched Polish.*—4. mochte, *may have* or *must have felt.*—9. Rheinfahrt abwärts, *the trip down the Rhine.*—12. einen... angenehmen, *so very pleasant an.*—13. doch nichts weiter, *really nothing more, nothing.*—15. in Verdacht haben, *suspect.*—17. fortkommen, here *get on.*—26. Hotel = Gasthof.—Man... werden, *one is said to be so cheated there;* sollen is often used to state something on the authority of another person.—33. Ja wohl, *yes;* the wohl merely emphasizes the ja.

27. 4. man... kann, *one can at once see from the outside of most people;* cf. p. 22, 32.—6. Es... anspricht, *something must cling to them, which at once points us that way.*—10. er... mögen; cf. notes to p. 3, 15 *b.* and p. 7, 28.—11. Es... verdenken, *he was not to be blamed for it.*—14. dazu kam, *to it came,* i.e., *was added.*—15. Wesen, *manner, way;* cf. note to p. 8, 26.—17. The principal verb of the sentence is: hätte unterhalten.—21. wie von selber, *as if of itself, quite naturally.*—23. Kräuselwölkchen, *little curling clouds;* the diminutive endings -chen or -lein may be added to any noun; all nouns with these endings are neuter.—26. Waggons = Wagen; the plural ending -s is English as is the word.—in Anspruch nehmen, *lay claim to, seize upon.*—28. Frankfurt a. M. (am Main, i.e., *on the river Main,* so called to distinguish it from Frankfurt a. Oder) has a large Jewish population, and is one of the richest commercial cities of Germany. The famous Rothschild family originated here.—32. mer = wir; the Jews generally speak very bad German, ignoring every rule of grammar and syntax, especially those for the

arrangement of the sentence. The following conversation is an example of so-called „Judenbeutsch."
28. 3. **aach** = auch.—**fennen** = können.—4. **de** = bu.—5. **Konbufteur** = Schaffner.—7. **einzeln,** *separately.*—8. Should be „Gott der Gerechten — von den Kindern weg."—11. **flein wenig,** *little bit, very little.* —21. **fich jemandes annehmen,** *take the part of, take pity on, any one.* —22. **dem ... denunzierte,** *to whom he complained of the superfluous Jacob;* the law forbids the railway to carry more passengers in a Coupé = Abteilung than there are seats for; cf. note to p. 18, 28.— **follte,** *was to, must;* cf. note to p. 7, 18.—26. **Paffagier** = Reifender. —29. **einmal ... andere,** *over and over.*—30. **mer'n** = wir ihn; **finne** = finden.—31. **wär** = es wäre.—32. **nich** = nicht.—33. **als** for bu; cf. note to p. 4, 6.—**wohne** = wohnen.
29. 2. **durch einander,** *upside down.*—5. **mer mei** = mir meine.— **Portemonneh** (Portemonnaie) = Geldtäfchchen.—6. **Gulden, Kreuzer;** cf. note to p. 14, 3.—10. **fchuldig fein,** *owe.*—11. **müffe** = müßten.—12. **halte(n), follt(e). fai** = fein. **Stuß,** *nonsense, fuss,* a Jewish word. **werft** = wirft. **widder** = wieder.—17. **fl.** = Florins; **fr.** = Kreuzer.—19. **An ... denfen,** *further conversation was not to be thought of;* cf. p. 27, 11.—22. **was ... wären,** *what a charming family the Rosengartens would be if,* etc.—25. **Ausfchuß,** *refuse, shoddy.*—34. **Robche** (Röbchen) = Kleidchen.
30. **Waren ... Nürnberg,** *have you ever been in Nuremberg?*— 15. table d'hôte (French); a regular dinner at a fixed price provided at hotels for all who desire it.—16. **Dort ... befprochen,** *there was also talked over,* i.e., *there they also decided, agreed;* the Germans make a large number of impersonal passive phrases from both transitive and intransitive verbs; cf. the very common warning „Hier wird nicht geraucht," "*No smoking here;*" cf. note to p. 15, 9. —20. **um ... zuzufprechen,** *to enjoy a bottle of excellent Hochheimer* (a kind of Rhine wine).—26. **Durfte er nicht,** *he must not.*—27. **aus ... verlieren,** *lose sight of.*
31. 1. **vor fich hin,** *to himself.*—3. **aber ... um,** *but perhaps that had been done only in order to.*—7. **wo fonft,** *where else?*—12. **es,** trans. *which.*—23. **auf das lebhaftefte,** *most eagerly;* cf. note to p. 9, 26.
32. 2. **Main;** cf. notes to p. 15, 26 and p. 27, 28. The Main is

a tributary of the Rhine, and enters it at Mayence.—16. **logies
ren** = übernachten, wohnen.—21. **es war fast,** *it almost seemed.*—34. **vors
nehm nachlässig,** *with elegant indifference.*
33. 3. **Gepäckschein,** *receipt for the baggage;* instead of a brass
check, as with us, one receives in Germany a written receipt for
one's luggage, a corresponding one being pasted on the trunk or
bag.—7. **im reinen;** cf. note to p. 7, 9.—8. **abweisen;** cf. note to
p. 5, 9; so also below, l. 31: **nennen.**—13. **der ... hat;** cf. note to
p. 28, 21.
34. 1. **Zettel,** *bit of paper,* *note;* here meaning **der Gepäckschein.**—
7. **nach ... Vorgefallenen,** *after what had just happened.*—8. **Aber
wohin gleich,** *but where should he go then?*—10. **Wenn ... wäre,**
what if he had gone down?—13. **Frauenzimmer;** cf. note to p. 50, 1.
—**er ... gemocht,** *he would not have wanted her for a wife.*—17. **dem
Namen nach,** *by name.*—32. **Trottoir** = Bürgersteig, *sidewalk.*
35. 8. **Vor der Hand,** *for the moment, for the time being.*—15.
aus ... bekam, *get out of his head.*—18. **Zu dienen,** *at your service.*
—22. **alles nicht,** *none of them right.*—23. Dr. med., *M.D.* = *Doctor
Medicinæ.*—**Bergstraße,** literally *mountain street;* a street with its
name is always thus written as a compound noun, the number
standing after it, instead of before as with us.—**Etage** = Stockwerk;
in Germany, as everywhere on the continent, only the very rich
occupy a whole house, most families living in apartments. Der
erste Stockwerk, or die erste Etage, is up one flight of stairs and is considered the most desirable, as it is the most expensive, apartment
in a house.—27. **er brachte,** etc., (*he would say*) *he brought,* etc.—
28. **Gab er;** cf. p. 132, III, 3.—29. **galt das als;** cf. note to p. 3, 22.
—30. **Droschke,** *cab;* word of Russian origin.
36. 2. **seiner;** cf. note to p. 16, 18. — 14. **er befand ... Mainz,**
(*he would say*) *he had been in,* etc.; to express what has been and
still is, or what had been and still was, the Germans use the
present and preterit, not the perfect and pluperfect, as we do: so,
ich befinde mich schon zwei Tage in Mainz, *I have been two days in Mayence.*
—19. **definitiv** = bestimmt.—26. **Thor,** *gate, entrance-door;* **Thür,** *any
door;* **Thorweg,** *entrance, porch.*
37. 4. **Zugbrücke,** *drawbridge.* — 5. **Burgwart,** *castle-warder;*
Fritz likens this well-protected house to a mediæval stronghold.

NOTES. 121

—8. an; cf. note to p. 15, 26.—12. ſchaute ſich um, ob, *looked around (to see) whether;* habe and ſtände depend on this understood *to see,* being subjunctives of indirect statement.—33. austäfeln, *wainscot.*
  39. 4. wie ſchüchtern, *as if timid, afraid.*—12. jemandem etwas zu leid thun, *harm* or *injure any one.*—13. Ihr Herr Vater; in speaking to a stranger or a formal acquaintance, politeness requires the use of Herr, Frau, or Fräulein before a word signifying relationship; cf. p. 63, 7. Herr must also be used before all titles; cf. p. 40, 2 and p. 42, 15.—14. recht... Bruſt, *from the bottom of her heart.*—15. auf... Daſtehenden, literally *at the one standing there perplexed.*—17. in's Schloß drücken, *close.*—21. indiskret = unbeſcheiden.
  40. 10. der... mochte, *who might have committed who knows what crime here;* verbrechen means *to break,* hence *to break a law, commit a crime.*—19. an... ändern, *but nothing could be done about it now;* ſich laſſen is often equivalent to können.—27. Fes, *fez* (a Turkish cap).
  42. 3. Mainzer, *of Mayence;* adjectives are made from the names of cities by adding -er; they are indeclinable and always written with a capital.—7. ungeſtraft... haben, *the Doctor must not be allowed to have done that unpunished, to go unpunished.*—17. Ordre = Befehl.—18. zur Anzeige bringen, *give information against, denounce.*—29. die Ehre (zu ſprechen).—32. dann... Hauptmann, *then later he would himself speak to that Captain.*
  43. 13. erſuche... Namen, *beg you for the name.*—18. inſultieren = beleidigen.—27. er... laſſen, *for he had no idea of letting himself be,* etc.; cf. notes to p. 3, 11 and p. 5, 9.—30. verneinen, *say no to, answer in the negative;* cf. p. 44, 25, bejahen, *say yes to, answer in the affirmative.*—33. darauf... daß, *call your attention to the fact that.*
  44. 6. thätlich anzugreifen, *actually to attack.*—8. Eſel von Thorhüter, *my donkey of a porter*—9. aufmerkſam, etc.; cf. note to p. 43, 33.—27. Diner = Mittagseſſen.—28. beabſichtigt; cf. note to p. 36, 14.
  45. 5. Bitte... ſagen, *don't speak of it—it is of no importance;* bitte is constantly used to disclaim any thanks or apologies.—6. Nr. = Numero.—29. hinter ihm drein, *along behind him.*

46. 18. **bei,** like the French CHEZ, is often used in the sense of *at the house of.*—21. **O mon Dieu** (French), *my God.*—25. **Um ... Uhr,** *at half-past one;* notice the idiom.—28. **machen ... rasch,** *be quick about it.*
47. 2. **Gleichviel,** *no matter.*—5. **Er ... gefahren,** *he would have liked best indeed to take a steamboat.*—12. **Koblenz,** *Coblence.*—13. **konnte ... weiter,** *not only could he go on at any moment.*—22. **zweiten Ranges,** *of second class, second rate.*—**trug ein,** *entered.*—25. **er ... auszusetzen;** cf. note to p. 43, 27.—31. **der hatte Zeit,** *there was time enough for that.*
48. 1. **solchen,** i c., *young ladies.*—2. **Ist doch,** etc.; cf. p. 132, III, 5.—3. **maßgebend,** from **Maß,** *measure,* hence *decisive.*—4. **er ... rechnen,** *he could not count on a favorable one with,* etc.—14. **aber ... mehr,** *but that became less with every hour,* literally *yielded.*—18. **Badeorte;** cf. note to p. 16, 11.—20. **Lahn,** river on which Ems lies.—23. **von statten gehen,** *take place, proceed.*—28. **an sich,** *in his own person, for himself.*—29. **Logis** = **Wohnung.**—31. **Saison,** *season.* —32. **hinten hinaus,** *toward the back.*—33. **sonst ... sehr,** *otherwise they were very sorry,* i.e., that they had nothing for him.
49. 9. **Kurhaus,** literally *cure-house,* trans. *casino.*—11. **Spielhölle,** literally *gambling-hell, gambling-room;* public gambling was formerly carried on at the casinos of all the watering-places on the Rhine. This has now been forbidden by law. Ems, as one of the largest of the „**Badeorte,**" was a famous gambling-place.—19. **Entrepreneur**=**Unternehmer,** i.e., *managers* of the gambling.—21. The word **Gier** is related to our English *greed;* hence **Neugier,** *greed for novelty, curiosity,* and **Habgier,** *greed for possession, avarice.*—26. Rouge et Noir (French), *Red and Black;* the game played at the tables, so called from the two spots on the table, one red and one black, on which the players lay the money they wish to stake.— 28. **Nuancen** = **Schattierungen,** *shades.*—**Damenwelt,** *the fair sex;* cf. below l. 33, **schönen Welt.**—31. **ohne aufzufallen,** *without exciting notice.*
50. 1. **Frauenzimmer;** this word, which meant originally *woman's apartment,* was used until quite recently for *lady,* but it now is rather derogatory in meaning. *female, person;* cf. p. 34, 13.—**belegen,** *designate.*—3. **dekolletiert** = **ausgeschnitten,** *in a*

NOTES.

low-necked dress.—4. **Napoleond'ors,** a French coin worth about 4 dollars, same as **Louisd'ors**; cf. below, l. 33.—5. **und . . . dienen,** *and was certainly engaged by the bank* (i.e., *the gambling company*) *itself, to serve as a decoy.*—8. **lauter,** *nothing but.*—12. **Megären,** *Megaræ* or *Erinnys*, the avenging furies of Greek mythology.— 14. **dann . . . notierten,** *and then made notes of the changes of luck on the little tablets lying beside them.*—16. **es . . . bestimmen;** cf. note to p. **40,** 19.—20. **pointieren** = **punktieren,** *play at hazard, stake money.* —26. **haute volée** (French), *high society*, here rather *crowd.*—33. **Marke,** *mark* or *spot;* cf. note to p. **49,** 26.

51. 9. **Erst . . . wurden,** *only when even those at the table were also infected by it.*—12. **sah sich um, ob;** cf. note to p. **37,** 12.—15. **nichts Derartiges,** *nothing of the kind.*—26. **Bank;** cf. note to p. **50,** 5. —27. **Croupier** (French), *assistant in the care of the gambling-tables, gambler.*—32. **Es . . . als,** *it was not ten minutes later when.*

52. 10. **außer dem Spaß,** *beyond a joke, too much of a good thing.* —13. **um . . . bekommen,** *in order at least to get a definite hold on some one,* i.e., *to have something definite to go by.*—15. **Die er,** *those whom he.*—17. **aller anderen Blicke,** *the eyes of all the others.*—**müde zu sein,** *weary of being.*—22. **jeder . . . entzogen;** the dative after a verb of removal is like our objective with *from.*—25. **thaten als ob;** cf. note to p. **23,** 2.—31. **Journal** = **Zeitung.**—32. **Fauteuil** = **Lehnsessel.**

53. 3. **Restaurateur,** *restaurant-keeper.*—9. **klingen und aufspringen ließen,** literally *caused it to ring and jump,* i.e., *tested it thoroughly.*—15. **darauf herausgeben,** *give me change for it.*—25. **seiner;** cf. note to p. **16,** 18.—26. **wie er nur,** *as soon as he.*

54. 3. **der Böse,** *the evil one.*—**meinetwegen;** cf. note to p. **9,** 16. —11. **sich . . . bewußt,** *fully aware of his innocence in the face of any suspicion whatsoever.*—34. **Legitimation,** *evidence, proof,* here *proof of his identity.*

55. 15. **machen sollten, fortzukommen,** *should arrange to get away,* i.e., *take themselves off.*—21. **Das . . . gefehlt,** *that had been lacking,* i.e., *that was the last straw.*—34. **dankte;** cf. note to p. **22,** 1.

56. 11. **durcheinander gewühlten,** *completely upset* or *stirred up.* —15. **aber . . . anders,** *but he came to a different conclusion.*—20. **ein . . . Schmidt,** *some Schultze or Smith;* again two very common names.—26. **den . . . Weg,** *the way so lately travelled.*

57. 1. **nur die Nacht,** *only for the night;* cf. note to p. 6, 16.—6. **Subjekt,** *person, character.*—17. **Wesen**; cf. note to p. 8, 26.—22. **Haken,** *hold,* literally *hook.*—24. **Köln,** *Cologne.*—26. **verging... wie,** *would certainly pass like.*—29. **N'schen,** *N.*—**Hose** = **Gasthof.**
58. 10. **Souper** = **Abendessen.**—13. **Rheinlachs,** *Rhine salmon.*—19. **blieb sitzen,** *stopped;* cf. note to p. 4, 9.—27. **eigentlich ... sollte,** *really almost as if it were to,* i.e., *were fated to, be so.*—28. **oder wenn auch,** *or even if he had.*—31. **nebenan ... hinein,** *in the next room.*— **und ... versäumen,** *and he must not neglect this hint (of Fate).*—34. **Absicht ... lassen;** cf. note to p. 6, 34.
59. 14. **Fritz ... ob,** *Fritz racked his brain to find out in regard to several (parties) whether,* etc.—**so lange** merely leads up to **bis;** it is best left untranslated.—28. **Fritz;** dative of possession qualifying **Herz.**
60. 5. **Eva,** *Eve.*—6. **macht ... aus,** *cares nothing for.*—7. **jemanden in die Patsche bringen,** *get any one into trouble.*—9. **neugierig auf,** *curious about.*—14. **zu weit als daß ... können,** translate *too far for Fritz to be able,* etc.—19. **einen ... zugetraut;** cf. note to p. 8, 4.—22. **Teint** = **Hautfarbe.**—32. **und ... erst,** *and then not until to-morrow morning;* cf. note to p. 9, 10.—33. **Wenn,** *what if?*
61. 1. **Frisch ... gewonnen,** *well begun is half won, nothing venture nothing have;* a very familiar saying.—9. **war ... um,** *he was again in a condition to,* etc.—16. **sie,** i.e., **die Familie.**—22. **die Herrschaften**; **Herrschaft,** literally *mastery, dominion* (from **Herr**); hence the meaning *people of rank;* used by servants of their masters and mistresses, individually or collectively, also respectfully of any people, as here: *the people,* i.e., *the Doctor and his family.*—28. **in Ordnung bringen,** *arrange.*
62. 3. **Wo ... fehlte,** *where there was no lack of place.*—5. **einbürgern,** literally *settle as a citizen,* here *thrust himself in, intrude.* —9. **als ... haben,** *when he could believe that he had,* etc.—15. **Ich muß bedauern,** *I must regret,* i.e., *I am sorry to say I do not.*—20. **auf einen;** cf. note to p. 16, 18.—21. **Flegeljahren,** *years of boyhood* or *cubbishness;* from **Flegel,** *churl, clown.*—28. **wohl ... waren,** *had hardly reached that prime of manhood,* ironically.
63. 2. **Archivar',** *keeper of the archives;* cf. note to p. 3, 1.—14. **in**

etwas, *to a certain extent.*—21. Bitte; cf. note to p. 45, 5.—22. Mit
... Ehre; cf. note to p. 42, 29.—26. daß ... blieb, *that nothing was
left to Fritz.*—29. faux pas (French), *false step, mistake.*
64. 5. was für einen Zug, *what an expression.*—9. Stube an
Stube, *door to door.*—sollte; cf. note to p. 26, 26.—17. ehe ... einführte, *before he had himself announced or introduced himself.*—18.
mit sich einig sein, *have made up one's mind.*—23. dazwischen, *mingled
with it.*—26. sich gegen ... verteidigte, *was defending herself against
the impertinence of the head-waiter*, literally *impertinently confront-
ing her.*—29. er thut mir leid, *I am sorry for him.*—32. Mamsell
(from the French, MADEMOISELLE), often used in German to denote
a governess, housekeeper, or companion.—Oberserviette, *head-
napkin*, ironical for *head-waiter.*—33. Vorgeben, *pretense.*—Herrschaft; cf. note to p. 61, 22.—34. thut, *acts.*
65. 1. dahinterkommen, *get behind, see through.*—28. Flunkerei,
deceit, fibbing (a vulgar word).
66. 2. mit ... Maler, *as painter under a common name and a
German one into the bargain*, literally *citizen name*, i.e., *not noble;*
every noble name in Germany is preceded by a von.—7. der ...
war, *who was usually to be sure of a phlegmatic temper or disposition.*
—19. belegt; cf. note to p. 20, 32.—billigst; cf. note to p. 9, 26.—
20. Thlr. = Thaler; Sgr. = Silbergroschen; Pf. = Pfennige; cf. note to
p. 14, 3.—Kaffee, the first breakfast, which consists only of coffee
and rolls.—21. Bougies = Lichter; Service = Bedienung; *candles* and
service are generally charged as extras on a European hotel-
bill.—23. Summa, *sum total.*—28. Wie ... für; as the sentence is
incomplete, some verb, such as *pay, offer to pay*, must be understood.—31. mich ... aufgerufen, *called on me as witness.*
67. 5. Schön, *good.*—6. mit kurzen Worten, *in a few words,
briefly;* cf. below, l. 13, mit flüchtigen Worten.—11. Frack, *dress-coat.*—
13. The rest of this paragraph is all in indirect discourse depending on erzählte or versicherte.—19. Sie ... haben, *she assured him she
had not felt comfortable in the family and had suspected*, etc.—26.
einen ... hatten, *had a draught to cash.*—27. wollten; cf. note to
p. 12, 4.—hierher, i.e., *to Cologne.*—28. angeblich, *as they said or
claimed*, from angeben, *give an account, declare.*—34. hintergangen;
cf. note to p. 5, 5.

69. 1. **in Sie bringen,** *urge you.*—10. **nichts ... legen,** *make you no more trouble.*—17. **nachhängend,** *pursuing, deep in.*—20. **dummen Streich;** cf. note to p. 15, 7.—22. **wußte er doch genau;** cf. p. 132, III, 5.—23. **anführen,** *cheat.*
70. 9. **mir ... schuldig,** *owes me satisfaction.*—10. **etwas Näheres,** *something more definite.*—22. **zu sprechen,** *to be spoken to,* i.e., *to be seen.*—23. **Portier** = **Thürhüter.**—31. **wohnen;** cf. note to p. 25, 31.
71. 25. **er ... wußte,** *he knew the landlord* (*to be*).—31. **er ... bemühen,** *would he kindly take the trouble* (*to step*) *over;* a polite formula.
72. 6. **selber ist der Mann,** *one's self is the man,* i.e., *one must depend on one's self;* a familiar saying.—8. **dann ... bleiben,** *then they simply will not* (receive me heartily), literally *they will let it be.*—11. **der ... leisten,** *to obey the summons.*—16. **bergangehende,** *going toward the mountains,* i.e., *up-stream;* cf. p. 70, 18, **stromabgehender.**—**signalisiert** = **angekündigt.**—25. **eben nicht viel Einnehmendes,** *not much that was attractive.*—32. **sich auf etwas freuen,** *take pleasure in looking forward to anything.*
73. 15. **in mir,** *in myself.*—16. **dessen;** cf. note to p. 3, 1; **bringe,** translate *present.*—25. **nicht ... konnte,** *could no longer avoid.*
74. 2. **seit ... gesehen,** *since we last met,* literally *since we have not seen one another.*—3. **wie,** *how?* i.e., *haven't you?*—10. **das ... leugnen;** cf. note to p. 40, 19.—11. **alle beide,** *both.*—19. **Affaire** = **Handel.**—21. **sonderbarer Weise,** *in a curious way, curiously enough;* an adverbial genitive.—22. **nicht übel Lust,** *no small desire.*—**Lektüre** = **Lesen.**—25. **Lebensart,** *politeness.*—26. **Umstände machen,** *stand on ceremony.*—27. **Hals über Kopf,** *head over heels, in great haste, instantly.*
75. 3. **Braut;** cf. note to p. 12, 34.—4. **Platz nehmen,** *sit down.* —26. **oder ... zu;** cf. note to p. 8, 4.—28. **Du lieber Gott;** cf. note to p. 18, 22. — 29. **kann ... werden,** *can be twisted into so many different forms.*—33. **Das ... thun;** cf. note to p. 64, 29.—**sollte,** trans. *would.*—34. **Abzweigung,** *deviation* (from the truth).
76. 4. **die ... Form,** *social form, etiquette, politeness.*—5. **eine Abschwächung geben,** *weaken.*—6. **In ... schroff,** *in many cases the word untruth sounds still far too harsh to the polite world.*—12. **Lockenkopf,** *curly head.*—14. **Temperament** = **Gemütsanlage.**—15. **der**

... **Hieb**; cf. p. 134, V, b.—22. **doch auch wieder**, *yet on the other hand.*—25. **auftrat**, *came forward, asserted herself.*
77. 1. **der ... zuwinkte**, *who motioned to Viola*, etc.; the English idiom would be *motioning to Viola*, etc.—9. **juckte empor**, *started.*—18. **Ahnungsvermögen**, *power of divination*, from **ahnen**, *have a presentiment of, divine.*—26. **Am 3. d. M.** = **Am britten biefes Monats.** —28. **Cylinderuhr**, *cylinder-watch.*—29. **Linie**, *line*, the twelfth part of an inch.—32. **Paletot** = Überrock.—**des Diebstahls verdächtig**, *suspected of the theft*; cf. note to p. 24, 21.
78. 1. **Sicherheitsbehörden**, *the police.*—2. **vigilieren** = wachsam sein.—**Betretungsfall**, *in case of being caught, if he is caught*, from betreten, *catch.*—4. **Staatsanwalt**, *district attorney.*—7. **stilistisch**, *in point of style.*—12. **Signalement** = Personalbeschreibung.—15. **ein ... Benehmen**, *a clever and very gentlemanly manner;* anständig, from Anstand, *propriety.*—23. **Namensvetter**, *namesake, double.*—25. **zu ... gegeben**, *given cause for the well-grounded suspicion.* — 34. **Zu ... beitragen**, *it may assist toward his recognition.*
79. 4. **ohne ... wäre**, *without their ever arriving.* — 16. **nicht anders als daß**, *not otherwise than that*, i.e., *could only believe that they felt*, etc.—**das Unangenehme seiner Stellung ... zu tragen**, *the unpleasantness of his position in bearing the same name with*, etc.— 18. **steckbrieflich verfolgt**, *pursued by writs of arrest.*—21. **was ... machen;** cf. note to p. 40, 19.—22. **kommt ... vor**, *does not, to be sure, occur so often.*—30. **stutzig machen**, *startle, puzzle;* cf. p. 81, 27.
80. 2. **indiskret** = unbescheiden.—12. **großmütig gehandelt**, *acting generously.*—16. **das Wort führen**, *to be the chief speaker, to take the lead.*—22. **schade**; cf. note to p. 21, 14.—24. **tellerschleppend**, *plate-carrying.*—**Fracträger;** cf. p. 67, 11.—Note the use of bu as a sign of the greatest contempt.—34. **vorwiegend**, *preponderating.*—**Das hat noch gefehlt;** cf. note to p. 55, 21.
82. 1. **legten ... Weg;** cf. note to p. 69, 10.—3. **Der** is subject of nachsah, las and erhielt.—**Legitimation;** cf. note to p. 54, 34.—5. **a. M.;** cf. note to p. 27, 28.—11. **erklärte nie gesehen zu haben**, *declared he never had seen.*
83. 3. **verschwieg er**, *he did not mention that*, etc.; das is subject of gewesen (fei) and veranlaßt worden fei.—6. **des Grafen erwähnen;** cf. note to p. 16, 18.—13. **wüßte ... hinzuzufügen**, *I should hardly know*

how to add, etc.; the subjunctive is used to express uncertainty.—
16. **Eigentlich**... **Fragen**, *one properly asks no questions of the police*, i.e., *is not allowed to ask*.—19. **nichts weniger als**, *by no means, far from*.—24. **darauf**, i.e., auf die Spur.—27. **zu Gesicht kommen**, *come under one's eyes* or *observation*.

84. 9. **es**... **wundern**, *it would not surprise me*.—12. **noch dazu da**, *the more so since*.—21. **satt haben**; cf. note to p. 5, 12.—27. **es** ... **lieb**; cf. note to p. 8, 32.—30. **oder** (wenn Sie), understood from line 27.—34. **in Beschlag nehmen**, *take possession of*.

85. 17. **seine Frau** and **die**... **Tochter** are the two subjects of the plural **machten**, which is the principal verb of the sentence.—24. **Köln**... **eins**, *Cologne lacks only one thing*.—**Scenerie** = Landschaft.— 26. **an der**, i.e., der Scenerie.—27. **eine Frau zu suchen** is the object of aufgegeben.—28. **schlecht ankommen**, *to meet with bad success, to fail*.

86. 4. **Loreleifelsen**, *the Lorelei cliff*; a fine precipitous cliff on the Rhine, the haunt of the legendary siren best known through Heine's famous poem of the ‚Lorelei.'—6. **Stadium**, *state, point*.— 7. **gegen**... **zeigen**, *which his vanity revolted from showing even*, etc.—8. **er**, and 11. **ihn**, refer to Bart.—12. **was**... **sollte**, *what it was to become*, i.e., *to look like*.—15. **an's Herz gelegt**, *charged him*. —18. **wollte**; wollen is often used to state a thing on the authority of another, as er will ihn gesehen haben, *he claims to have seen him*; here the claim is negative; trans. *every one denied having seen him*. Note the difference between this and the common er hat ihn sehen wollen, *he wished to see him*.—22. **geblieben**, i.e., *fallen, died*.—23. **das Nähere**; cf. note to p. 70, 10.—24. **vor der Hand**; cf. note to p. 35, 8.—30. **Gesindel**, *mob, rabble*.

87. 12. **Reparatur** = Ausbesserung.—15. **Ehrenbreitstein**, one of the strongest German fortresses, built on a hill 387 ft. high rising abruptly from the Rhine opposite Coblenz.—19-27 contain the information that Fritz received in answer to his questions.—21. **sollte**; cf. note to p. 26, 26.—22. **es**... **gegangen**, *he had been in very narrow circumstances*, literally *it had gone very tight with him*.— 30. **Kommandantur** = Wohnung und Amt eines Kommandanten; Kommandant = militärischer Befehlshaber in einer Festung.

88. 2. **Hab' ich doch**; cf. p. 132, III, 5.—9. **Jahr und Tag**, literally

NOTES. 129

a year and a day, translate *for a long time.*—16. **Leider Gottes**, trans. *alas, yes.*—17. **wie er im Buche steht**, literally *such as stands in the book*, i.e., *such as one reads about, typical.*—19. **in Civil**, i.e., *civilian's clothing*, which he, as an officer, had no right to wear.—20. **den Gaunern in den Rachen**, *into the jaws of the swindlers.*—22. **die Krone aufzusetzen**, *to put a crown upon*, i.e., *to cap the climax of.*—26. **beibringen**, *report.*—31. **Hals über Kopf**; cf. note to p. 74, 27.—33. **Hunger und Kummer**, *poverty and sadness.*
89. 5. **Mosel**, the river which joins the Rhine at Coblenz.—11. **daran lag**; cf. note to p. 5, 6.—19. **Tinten = Farben.**—21. **welche auch**, *whatever*; cf. **wer auch**, *whoever*; **wo auch**, *wherever*, etc.—25. **Markobrunner**, *a kind of wine*; cf. note to p. 30, 20.—26. **auf das Wohl**, *to the health, welfare.*—29. **gab, fand, konnte**, this was Fritz's idea of the situation, trans. *would be, would find,* etc.—**Stunde der Etiquette**, *no time prescribed by etiquette* (i.e., *for visits*).—34. **Rebengelände**, *vine-trellises.*
90. 6. **Schoppen**, *mug of beer*; the word means a measure of about a pint.—23. **ohne weiteres**, *without more ado, without hesitation.*
91. 24. **Ameublement = Hauseinrichtung.**—27. **Regal = Gestell mit Gefächern**, *set of shelves and drawers.*
92. 27. **Landwein**, *wine of the region.*—28. **Butterbrod**, *a piece of bread and butter.*—**anstoßen**, literally *strike against*, hence *clink glasses, drink together.*
93. 6. **Erbietens**; cf. note to p. 3, 5.—19. **der Flasche und Gläser**, object of **sich erledigen**; cf. note to p. 16, 18; so also below, l. 22, **oder ... Armut.**
94. 8. **Es ... selbst**, *it is a matter of course, it is self-evident.*—11. **Invalide**, *disabled soldier, veteran.*—16. **flegelhaft**; cf. note to p. 62, 21.—23. The ordinary order here would be: **hatte geben müssen; geben**, here *send* or *let go.*—30. **schnöde**, *poor, low, miserable.*—33. **seinem Wohl gelten**; cf. notes to p. 3, 12 and p. 89, 26.
95. 7. **ein Schwarzbrod**, *a loaf of black bread*, i.e., *of rye bread.* 26. **einem alles an den Augen absehen**, *anticipate one's wishes, do everything to please one.*—33. **Wut auf**, *rage against.*
96. 3. **litt es ihn nicht**, *he could not endure it.*—12. **fiel ihm auf**; cf. note to p. 15, 9.—18. **ein ... Schmerz**, *such an expression of*

pain, literally *a so sad pain.*—23. fummte... Gedanken, *his head was buzzing so with*, etc.

97. 9. Bift du's; cf. note to p. 11, 14.—10. guter Laune, *in good temper*; an adverbial genitive.—20. dem Vorgefallenen; cf. note to p. 34, 7.

100. 4. ſchwer beizukommen ſein, *be hard to get at.*—10. So herzlich... ſo, *heartily as ... yet.*—12. gelegen, *convenient, opportune.*—21. das... umgehen, *the real subject of importance could no longer be avoided.*

101. 23. ein klein wenig; cf. note to p. 28, 11.—28. ihm, i.e., Ihrem Kinde, trans. *her.*—33. einem gut ſein, *be fond of one.*

102. 1. glauben auskommen zu können, *think you can get along.*—3. wie... übergoſſen, *suffused with blushes, covered with confusion.*—12. im Gang ſein, *be started, be under way.*—13. So ſchüchtern; cf. note to p. 100, 10.—29. Regulierung = Ordnung.—30. der = er; cf. note to p. 3, 1.

103. 5. Von... Rede, *Margaret's journey was now quite out of the question.*—12. Papiere; cf. note to p. 12, 16.—21. was, *what*, i.e., *what reason.*—27. war einverſtanden mit, *was not indisposed toward*, literally *was agreed with.*

104. 3. was ſollte er, *what was he to do?*—14. Namens, *of the name of.*—22. Spielbank; cf. note to p. 50, 5.

105. 3. Deuz, a small village with a fortress opposite Cologne.—11. Beſtie = Tier.—22. Der... Oberkellner; cf. note to p. 44, 8.—23. einem etwas aufbinden, *impose upon one*, or *humbug one with something.*—28. Lujon = Schurfe.

106. 22. ſich einem empfehlen, *take leave of one, present one's respects to;* the common phrase of polite leave-taking.—34. über Hamburg, *by way of Hamburg.*

ORDER OF THE GERMAN SENTENCE.

I. There are three ways of arranging the German sentence:
  1. The normal or regular.
  2. The inverted.
  3. The transposed.

The first and second belong to principal clauses, the third to dependent clauses only.

II. 1. The normal order is:
  a. The subject (the simple subject with its modifiers).
  b. The simple predicate or personal verb (i.e., that part of the verb which changes in number and person to agree with the subject).
  c. The various modifiers of the predicate.
  d. Finally the non-personal part or parts of the verb if there be any such—namely, separable prefix, participle, infinitive.

2. *a.* If a sentence contains two or more impersonal verb-forms, they follow each other in the order given above.
  b. Among the various modifiers of the predicate (see above 1 *c*), a personal pronoun comes first; an accusative object precedes a genitive but follows a dative; an adverb of time comes before one of manner or place; a predicate noun or adjective comes last.

Examples are: p. 3, 5, Der Vater schritt indessen in tiefem Nachdenken in demselben Zimmer auf und ab; p. 5, 9, Nachtwächter lassen sich doch gewöhnlich nicht von Kindern prügeln; p. 5, 26, Ich habe um ein Viertel auf elf schon in meinem Bette gelegen; p. 8, 19, aber du wirst doch mehr die Sorgen des Lebens kennen lernen und anfangen; p. 11, 2, Der Vater aber, in allen solchen Dingen sehr gewissenhaft, drang darauf.

III. The inverted order is the same with the normal, except that the personal subject comes next after the personal verb instead of next before. The inverted order is used in the following cases:

1. When any part of the predicate is put, instead of the subject, at the beginning of the sentence: thus, p. **3**, 1, Jm Zimmer des Regierungsrats Weffel faß deffen Sohn; p. **3**, 22, die Mutter hatte er schon vor langen Jahren verloren.

2. In an interrogative sentence or when a question is asked: thus, p. **6**, 21, Glaubst du, daß ich je eine Contremarke bekommen kann? p. 11, 23, Und kennst du denn mich nicht mehr?

3. In a conditional sentence to give the meaning of "if": thus, p. **9**, 2, ist also jemand hier in der Stadt, so wird es wieder vorfallen; p. **35**, 28, Gab er einen falschen Namen an, so galt das, etc.

4. In an optative or imperative sentence, or when a command or desire is expressed: thus, p. **27**, 30, Steigen Sie rasch ein.

5. For impressiveness, with the personal verb first, and usually with doch or ja somewhere after it: thus, p. **48**, 2, Ist doch der erste Eindruck ... fast immer der allein maßgebende, *the first impression is certainly almost the only decisive one;* p. **88**, 2, hab' ich doch bei seinem Regiment gestanden.

6. *a.* Only the general connectives und, aber, denn, and oder are allowed to stand at the beginning of a phrase without giving it the inverted order.

b. In an inverted sentence, a personal pronoun as object often comes between the verb and the subject, if the latter is a noun: thus, p. **8**, 17, Und dazu soll mir eine Frau helfen?

c. An adverbial dependent clause, if preceding the main clause, causes the inversion of the latter, just as a simple adverb would do: thus, p. **5**, 2, wie du neulich aus der Harmonie kamst, sagte ich kein Wort.

d. If an interrogative word is itself the subject, or belongs to the subject, it of course stands before the verb as in English: thus, p. **5**, 21, Wer hat gestern Abend... die erleuchtete Glastafel... eingeworfen? p. **3**, 16, Was sonst also sollte eine Falte auf seine Stirn rufen?

IV. The transposed order is the same with the normal, except that the personal verb is removed to the end of the whole clause. This order is usual in dependent clauses—that is to say, in such as, being introduced by a subordinating word (relative pronoun or conjunction) enter into the sentence in which they occur with the value of a part of speech: namely, of a noun, adjective, or adverb.

1. A substantive clause or one having the value of a noun is introduced by ob or baß, or a compound relative pronoun or particle; it is oftenest the subject or object of a verb: thus, p. 7, 4, Er glaubte natürlich nicht, daß ihm sein Sohn auf eine Lüge hin sein Ehrenwort geben würde.

2. An adjective clause is introduced by a relative pronoun or particle; it belongs to and qualifies a noun: thus, p. 4, 3, ein Atelier, in dem er ungestört schaffen konnte; p. 10, 11, Briefe, die bir wenigstens eine freundliche Aufnahme sichern.

3. An adverbial clause is introduced by a subordinating conjunction of time, place, cause, purpose, etc.; it qualifies generally a verb, but often an adjective or adverb: thus, p. 4, 6, ba er sich selber niemals Sorge machte; p. 4, 12, immer wieder, bis er zu einem Entschluß gekommen schien; p. 6, 25, wie ich neulich in Berlin war, begegnet mir ein total frember Mann.

4. *a.* When the clause ends with more than one infinitive, the transposed verb is generally (always, if the second infinitive is used in the place of a participle, as in the case of the modal auxiliaries and laffen, hören, etc.) put next before instead of next after them: thus, p. 3, 15, nicht das Geringste, was ihn hätte aufregen ober betrüben können.

b. In a dependent clause, the transposed auxiliary of a perfect or pluperfect tense is often omitted, and sometimes the transposed copula or form of the verb sein: thus, p. 6, 21, wenn sie einsehen, baß sie geirrt (haben).

c. A clause does not take the transposed order unless it is introduced by a word that shows its dependent character, even if it be logically dependent: thus, p. 6, 14, Doch ich sehe schon, es ist bie alte Geschichte, which might also read: Doch ich sehe schon, baß es die alte Geschichte ist.

V. *a.* In a clause governed by an infinitive or a past participle this must always stand at the end, being preceded by all the words which modify or depend on it: thus, p. 4, 19, ohne jedoch seine Stellung im mindesten zu verändern; p. 8, 20, du wirst anfangen, auch an andere. nicht nur allein an bich, zu benken.

b. A participial clause qualifying a noun is almost always placed before it, instead of after it, as in English. The participle is declined like any other adjective and is preceded by all the words by which it is modified: thus, p. 3, 4, bie neben ber Taffe liegenbe Zeitung, *the newspaper lying beside his cup;* p. 13, 34, eine Anzahl vom Bürgermeifter unterfchriebener Karten, *a number of cards signed by the Burgermaster.*

VI. The rules of arrangement are not always strictly followed, even in prose.

EXERCISES.

All words and idioms used in the exercises will be found in the assigned text or in the notes. Pupils may use a grammar, but never a dictionary, in preparing them. It will be well to study carefully, and often to refer to, the paragraphs on the order of the German sentence, pages 131 to 134. Words in parenthesis are omitted in German; words connected thus ⌣ form but one word in German. Each exercise is divided into two paragraphs for the convenience of those teachers who think them too long for a single lesson.

1.

(Page 3 to line 17.)

I. The son of Councillor Wessel sat quietly at the breakfast-table. He had drunk his coffee, and now¹ he was reading the paper which lay beside him. In the paper was something which² had excited and grieved him; and he laid it³ on the table and walked up and down in the room. Whom can his painful thought concern? Has he read something in the paper which excites him? Does he bother himself about politics? Does not his cigar suit (taste good to) him?

II. What else has called this wrinkle to his brow? While Fritz was walking up and down in deep thought, his father, who⌣was⌣78⌣years⌣old, was sitting quietly at the table and smoking his long pipe. He did not seem to suspect that

136 EXERCISES.

his son's glance often fell upon him as if in deep anxiety. He held the newspaper in his right hand and read with the greatest calmness of mind all⁴ that² was in it.⁵

¹ jetzt. ² etwas, was; was is used as relative after an indefinite neuter antecedent. ³ sie. ⁴ alles. ⁵ darin.

2.

(Page 6, 11 to page 7, 2.)

I Fritz had given his father his word, what more could he do? It was the old story, though; he had so common a face and looked like so many¹ people. Lately a gentleman met him on the street and addressed him by the name (of) Meyer. At first he seemed delighted to see him, but when he saw that he was mistaken, he looked very much taken aback. When he went into a strange city a quantity of people always bowed to him on the street. In Berlin he went to the theatre. "Do you want a check, Mr. Miller?" said the usher. "Since² you know me already, I need none," answered³ Fritz.

II. When he was on the street again⁴ he met a strange man, who came up to him and addressed him: "I can now pay my little bill, Mr. Miller," said he. "Last week I could not find you." "You are mistaken," said Fritz. "I have not the pleasure of knowing you. You can surely⁵ see that I am a total stranger." Fritz has now a very striking beard; now no stranger thinks of bowing to him on the street.

¹ vielen. ² da; cf. note to p. 4, 6. ³ antworten. ⁴ wieder. ⁵ doch; cf. note to p. 4, 2.

3.

(Page 9, 21 to page 10, 24.)

I. Which way will Fritz turn? That is a matter of indifference; he has made no definite plan. He wanders around aimlessly and comfortably in all the cities of Germany. When he eats his supper he does not know in what city he will be on the morrow.[1] He is very indolent, his character is not firm and decided; he has not yet begun to make plans for himself. One demands that of a man who has already entered upon manhood. Fritz went to the Rhine because his father wished it. "I have been there already," said he, " but I have only seen it hastily."

II. Do not forget to take your portfolio, for you can make many charming sketches there. I will look after my linen and get myself a passport. How can you use a passport? I shall use it when I get my poste-restante letters; it is quite necessary. Have you done what is necessary, and forgotten nothing? The letters which my acquaintances have given me will assure me a kind reception in different cities of Germany. One never knows in what city one may find one's self; therefore[2] it is better to have various letters with me.

[1] morgen. [2] darum.

4.

(Page 17, 19 to page 18, 15.)

I. Have you settled everything which you were talking over at table with your father? Everything necessary is settled, and at three in the afternoon I shall go off in[1] the train. Can you travel properly in a railway train? Have you learned how²? One must buy a ticket, and give up his baggage, before he can take a seat and start off. Travel second class³; the second-class coupés are as comfortable as the others. I should like to find an empty⁴ coupé, but it is impossible (it does not go). When one travels in a full coupé, one cannot⁵ smoke and one cannot even stretch out one's feet.

II. One often⁶ finds screaming children and little boys who constantly climb over one's feet to the window. Ten to one that one cannot smoke, because the ladies can bear no tobacco-smoke. He opened the window, because he could not bear the oppressive heat. The lady held⁷ the crying boy upon her knee and spread him a piece of bread and butter. To whom does the child that you have on your lap belong? It belongs to the lady opposite, who is looking out at the landscape. I cannot bear a draught; therefore I cannot sit by⁸ the window.

¹ mit.   ² it.   ³ Accusative.   ⁴ leer.   ⁵ darf.   ⁶ oft.   ⁷ halten.
⁸ neben.

5.

(Page 20, 7 to page 21, 2.)

I. We wish (to go¹) to Cologne; must we (get) into the same train by which we came here? Give me (some) money; I will buy you a ticket to Frankfort. We do not want to go² with all the travellers for the watering-places; we wish to be undisturbed. It is impossible to find a smoking-car. Press a piece of money into the hand of the fat little conductor; he will find you a coupé with pleasant company. May I ask ² why the train is so full to-day? I will tell you with the greatest pleasure, Sir, answered the man politely. But (the bell⁴) is ringing; it is impossible now.

II. Now the train rushed off, and Fritz settled himself comfortably and lighted his first cigar. When the train stopped again before a platform, he bent out of the window and observed the crowd of people who were climbing into the train. He took pains also to turn away unpleasant company from his coupé. The head-conductor noticed that the under-conductor was turning people away from the carriage where Fritz had settled himself so comfortably. There is a lack of cars, said he, and the passengers must begin to get into the reserved carriages.

¹ Cf. note to p. 9, 12. ² to go (in any sort of a vehicle or conveyance), fahren. ³ fragen. ⁴ it.

6.

(Page 30, 10 to page 31, 17.)

I. When ¹ you have helped these ladies, who are quite unknown to me, with their baggage, come to the Landsberg hotel. I will help you with your baggage. May ² I get you a cab? To which hotel shall I direct the cab? We can at least be together at table d'hôte, and we can talk over our journey to Frankfort. The ladies will withdraw to their rooms early, for they wish to go off to-morrow by the first train to Mayence. I shall sit down here half an hour more and enjoy my bottle of excellent Hochheimer. I am not in the best of humors, for I have lost sight of that charming family. I have also lost my money and can get no more.

II. Moreover my father has informed me by letter that the daughters of Dr. Raspe are no longer in Mayence. How can I look them up? Does my father wish to keep me from them? This troubles me. But at any rate I shall inform myself where she is and then seek her out. The next morning I could take no breakfast, because I slept over. I was dreaming so sweetly of the pretty Russian girl that I did not wake. Fortunately the waiter came and brought me the bill. Dress yourself, said he, and take some breakfast. The ladies are already getting into the omnibus. It is still early enough; bring me my breakfast and my bill.

[1] wenn. [2] darf.

7.

(Page 32, 19 to page 33, 21.)

I. Is any one waiting for you at the station? asked Fritz. It almost seems as if the train were already rolling into the station. Did you see the fortifications when the train rolled by them? I stretched out my head, but I could see nothing. Indeed, we have no time left; we must get up and get together our baggage. Then[1] Fritz opened the door, and uttered a joyful cry, as some one outside waved a handkerchief and hurried up. Do not delay getting your baggage together, the door will soon be opened. The handsome and rather foreign-looking young man on the platform became a little embarrassed when he saw the elegantly dressed ladies.

II. He rose and lifted his hat slightly to them. The liveried servant had helped Olga out of the car; now he took the receipt, which the young man handed him carelessly. He did not help the companion, who had also descended and who stood on the platform beside him. Olga was not decided whether she should introduce her travelling companion to her brother. She was in some embarrassment, because she did not even know his name. Will you introduce me to the gentleman? said she in French; I shall be very happy to make his acquaintance. He became quite red from² embarrassment, as he lifted his hat.

¹ dann. ² aus.

8.

(Page 35, 17 to page 36, 12.)

I. I shall ask¹ the waiter to bring me a directory. I want to make a call on² Dr. Raspe and give him my letter of introduction. He will not know who I am, but I can give him a letter from Claus. It will surely pass as a joke if I make him a call. I am on my way through, and want to see him. I shall open the great book, and look for the letter R. I have found the letter R, but I do not know whether the man is a bookbinder or a vegetable-dealer. He lives (at) 45 Rasmus Street, (on the) third story.

II. When the rain stops, I will change my linen and make my call. Is the thunder-storm past? It still thunders and lightens, but the rain has stopped. Waiter, get me a cab. The cab has been brought; do you wish to go³ into the city? Certainly, and put your horse to a trot, for I am in a hurry.⁴ Do you know Dr. Raspe's house? I want to call on him. Get into the cab, we will go⁵ right into the city. I must now consider what excuse I can bring forward for my terrible haste. I do not know Dr. Raspe; what excuse can I make for my visit? The driver has put his horse to the trot, we have already turned into the city, and I have not yet collected my mind.

¹ **bitten.**   ² **dem.**   ³ Cf. note to p. 9, 12.   ⁴ **Eile haben.**   ⁵ Cf. note 2, exercise 5.

9.
(Page 38, 16 to page 39, 10.)

I. We stopped on the broad wooden stairway of a large hotel and asked the porter whether the ladies lived on the first or the second floor. I will stay here, while¹ you go upstairs and ask the doctor. They live on the second floor; we must go up a second stairway. While we stopped in the long corridor, into which a number of doors led, we noticed that each² door was marked with a little number. We did not know which door led into the doctor's room.³ I asked the porter; he looked round, shaking his head, then he suddenly opened one of the doors. We slipped quickly into the room, and then we saw two beautiful girls.

II. I noticed that they were still in morning dress. They looked shyly around, as I bowed to them, but they did not answer my greeting. As they came toward me, I saw their long floating dresses and the beautiful braids of their splendid hair. They had wonderful eyelashes, and their great blue eyes looked at us timidly. We listened anxiously, but we heard not a step in the corridor, and thought ourselves quite safe. Then I stepped close to the charming girl, laid my hand on her arm, and whispered: "Why do you not answer my greeting? Do you hear steps? Look at me and listen, or we are lost."

¹ See 1st exercise.   ² **jede.**   ³ **das Zimmer.**

10.

(Page 42, 25 to page 43, 25.)

I. When the gentleman in the brown coat noticed the stranger, he turned toward him. Whom have I the pleasure of seeing before me? said he. I am Captain Raspe; do you wish to see me? I do not understand you, and do not know with whom I have the honor of speaking. I am not Dr. Aspelt; but if you want to speak to him, the cabman will drive you to his house. But does not the Doctor live in the same house? I do not understand your connection with him. I wish above all things to speak to that Captain. If I understand you rightly, you say that the Captain does not live in this house.

II. I should like to see him, and beg you to tell me the name of the street in which[1] he now lives. I have disturbed you, and must beg your pardon, said Fritz. But I cannot leave the house before I speak a few words with the man in spectacles. May I ask why? I wish to converse with him, said Fritz coldly. I should like to ask him whether he has ever been in Berlin. I do not understand you, and beg for an explanation. Did you meet him here or on the opposite side of the street? When you met me on the stairs, you insulted me grossly. Will you give me an explanation? I beg your pardon for having insulted you; but I must at the same time beg you to leave this house. I do not wish to talk to you any more.

[1] wo.

11.

(Page 48, 19 to page 49, 19.)

I. The valley-of-the-Lahn is very beautiful; I have heard much of its beauty, and of Ems, which is the largest watering-place in the valley. I shall carry out my decision, and shall reach Ems at four o'clock in the afternoon.[1] They reached Ems after a beautiful journey, and were astonished to see the swarms of gaily-dressed people. They could not understand how they were to[2] get a lodging in this little place. As it was in the midst of the season, they could get no good rooms. We are very sorry that you can find no shelter. Take a cab and drive from one hotel to another; perhaps[3] you will find a room.

II. I want a pleasant room, one flight up. We have one back room, which has become vacant by chance; if you wish to turn in here, you must take that. We leave[4] it to you whether you will take the room or not. As soon as[5] I have changed my clothes I shall stroll over the bridge to the Casino. If you wish to pass the evening comfortably, you must go to the Casino at nightfall. That is the place where one can observe the real life of Ems; for the whole life of the place revolves around the gambling-rooms. I always spend my evenings there. The entrance is free; I read, dance, chat or walk, and amuse myself as I will. There are music- and reading-rooms. I have never been forced to play. There are many other halls where one can amuse one's self.

[1] Cf. exercise 4. [2] follten. [3] vielleicht. [4] überlaffen is inseparable; cf. note to p. 5, 5. [5] fobald.

12.

(Page 52, 26 to page 53, 23.)

I. Groups of ladies and gentlemen were standing and chatting in the great hall, where he was walking up and down. A gentleman threw himself into an arm-chair at some distance and seized a newspaper. One of the ladies began to chat with him, and sat beside him until he got up and walked up and down. Then she got up and left the room. When the servants began to dust the chairs and tables, I too left the place. It was evident that the ladies were still watching him sharply, for they whispered something to the waiter who was pursuing him. If he enters the restaurant, you must watch him most sharply.

II. He orders (has given him) a glass of grog, but he does not want to pay an outrageous price for it. He throws down a thaler angrily. The landlord is showing the money to the waiter and whispering to him. Why does he examine the money so distrustfully? He does not know whether he will give change for it or not. "Is there much counterfeit money now?" asks Fritz, as[1] he counts the money which he has received, and puts it into his pocket. He has left the building without putting his money into his pocket. He does not have the least desire to go back to the Casino. To-morrow he will leave Ems by the first train. He has left the building with the greatest pleasure, and he has firmly determined to go home immediately.

[1] indem.

Henry Holt & Co.'s German Text-Books.

Histories of German Literature.

Francke's Social Forces in German Literature. A remarkable critical, philosophical, and historical work "destined to be a standard work for both professional and general uses" (*Dial*). It has been translated in Germany. It begins with the sagas of the fifth century and ends with Hauptmann's "Hannele" (1894). 577 pp. 8vo. Gilt top. $2.00
Klemm's Abriss der Geschichte der deutschen Litteratur. 385 pp. 12m. $1.20
Gostwick and Harrison's German Literature. 600 pp. 12mo. $2.00

Texts.

(Bound in boards unless otherwise indicated.)

Andersen's Bilderbuch ohne Bilder. *Vocab.* (SIMONSON.) 104 pp. 30c.
—— Die Eisjungfrau u. andere Geschichten. (KRAUSS.) 150 pp. 30c.
—— Ein Besuch bei Charles Dickens. (BERNHARDT.) 2 Ill's. 62 pp. 25c.
—— Stories, with others by Grimms and Hauff. (BRONSON.) *Vocab.* Cl. 90c.
Auerbach's Auf Wache; with Roquette's Der gefrorene Kuss. (MACDONNELL.) 126 pp. 35c.
Baumbach: Selected Stories. (*In preparation.*)
—— Frau Holde. Legend in verse. (FOSSLER.) 105 pp. 25c.
Benedix's Doctor Wespe. Comedy. 116 pp. 25c.
—— Der Dritte. Comedy. (WHITNEY.) 29 pp. 20c.
—— Der Weiberfeind. Comedy. Bound with Elz's Er ist nicht eifersüchtig and Müller's Im Wartesalon erster Klasse. With notes. 82 pp. 30c.
—— Eigensinn. Farce. Bound with Wilhelmi's Einer muss heirathen. With notes. 63 pp. 25c.
Beresford-Webb's German Historical Reader. Events previous to XIX. century. Selections from German historians. 310 pp. Cloth. 90c.
Brandt and Day's German Scientific Reading. Selections, each of considerable length, from Sell, E. R. Müller, Ruhlmann, Humboldt, vom Rath, Claus, Leunis, Sachs, Goethe, etc, treating of various sciences and especially of electricity. *For those who have had a fair start in grammar and can read ordinary easy prose.* Vocab. 269 pp. 85c.
Carové's Das Maerchen ohne Ende. With notes. 45 pp. Paper. 20c.
Chamisso's Peter Schlemihl. (VOGEL.) Ill'd. 126 pp. 25c.
Claar's Simson und Delila. Comedy. Ed. in easy German. (STERN.) 55 pp. Paper. 25c.
Cohn's Ueber Bakterien. (SEIDENSTICKER.) 55 pp. Paper. 30c.
Ebers' Eine Frage. (STORR.) With picture. 117 pp. 35c.
Eckstein's Preisgekrönt. (WILSON.) A very humorous tale of a would-be literary woman. 125 pp. 30c.
Ei chendorff's Aus dem Leben eines Taugenichts. 132 pp. 30c.
E z's Er ist nicht eifersüchtig. Comedy. With notes. *See Benedix.* 30c.
Fouqué's Undine. With Glossary. 137 pp. 35c.
—— *The same.* (VON JAGEMANN.) *Vocab.* 220 pp. Cloth. 80c.
—— Sintram und seine Gefährten. 114 pp. 25c.
Freytag's Die Journalisten. Comedy. (THOMAS.) 178 pp. 30c.
—— Karl der Grosse, Aus dem Klosterleben, Aus den Kreuzzügen. With portrait. (NICHOLS.) 219 pp. Cloth. 75c.
Friedrich's Gänschen von Buchenau. Comedy. Ed. in easy German. (STERN.) 59 pp. Paper. 35c.
Gerstäcker's Irrfahrten. Easy and conversational. (M. P. WHITNEY.) 30c.
Görner's Englisch. Comedy. (EDGREN.) 61 pp. Paper. 25c.

Prices net. Postage 8 per cent additional. Descriptive list free.

Henry Holt & Co.'s German Text-Books.

Goethe's Dichtung und Wahrheit. Selections from Books I.-XI. (VON JAGEMANN.) *Only American Edition representing all the books.* Cloth. xvi+373 pp. $1.12
—— Egmont. Tragedy. (STEFFEN.) 113 pp. 40c.
—— *The same.* (DEERING.) Cloth. *(In preparation.)*
—— Faust, Part I. Tragedy. (COOK.) 229 pp. Cloth. 48c.
—— Götz von Berlichingen. Romantic Historical Drama. (GOODRICH.) *The only American Edition.* xli+170 pp. With map. Cloth. 70c.
—— Hermann und Dorothea. Poem. (THOMAS.) *Vocab.* 150 pp 40c.
—— Iphigenie auf Tauris. Tragedy. (CARTER.) 113 pp. Cloth. 48c.
—— Neue Melusine. (In Nichols' Three German Tales.) Cloth. 60c.
Grimm's (H.) Die Venus von Milo; Rafael und Michel-Angelo. 139 pp. 40c.
Grimms' (J. & W.) Kinder- und Hausmärchen. With notes. 228 pp. 40c.
—— *The same.* A different selection. (OTIS.) *Vocab.* 351 pp. Cloth. $1.0c
—— Stories, with Andersen and Hauff. (BRONSON.) *Vocab.* Cloth. 90c.
Gutzkow's Zopf und Schwert. Comedy of the court of Frederick Wilhelm I. (LANGE.) 163 pp. Paper. 40c.
Hauff's Das kalte Herz. *Vocab.* 35c.
—— Karawane. (BRONSON.) *Vocab.* 345 pp. 75c.
—— Stories. *See Bronson's Easy German under Grammars and Readers.*
Heine's Die Harzreise. (BURNETT.) 97 pp. 30c.
Helmholtz's Goethe's naturwissenschaftliche Arbeiten. Scientific monograph. (SEIDENSTICKER.) Paper 30c.
Hey's Fabeln für Kinder. Illustrations and *Vocab.* 52 pp. 70c.
Heyse's Anfang und Ende. 54 pp. 15c.
—— Die Einsamen. 44 pp. 20c.
—— L'Arrabiata. (FROST.) Illustrations and *Vocab.* 70 pp. 25c.
—— Mädchen von Treppi; Marion. (BRUSIE.) xiii+89 pp. 25c.
Hillern's Höher als die Kirche. With two views of the cathedral and portraits of Maximilian and of Albrecht Dürer. *Vocab.* (WHITLESEY.) 96 pp. 25c.
Historical Readers. *See Beresford-Webb, Freytag, Schoenfeld, Schrakamp.* (The Publishers issue in English *Goriach's Bismarck.* $1.00 retail; *Sime's History of Germany,* 80c. *net.*)
Jungmann's Er sucht einen Vetter. Comedy. Ed. in easy German. (STERN.) 49 pp. Paper. 25c.
Kinder-Komödien. Ed. in German. (HENESS.) 141 pp. Cloth. 48c.
Kleist's Verlobung in St. Domingo. Cloth. *See Nichols.* 60c.
Klenze's Deutsche Gedichte. An attractive and reasonably full collection of the best German poems carefully edited. With portraits. 331 pp. Cloth. 90c.
Knortz's Representative German Poems. German and best English metrical version on opposite pages. 12mo. 373 pp. *Retail.* $2.50
Königswinter's Sie hat ihr Herz entdeckt. Comedy. Ed. in easy German. (STERN.) 79 pp. Paper. 35c.
Lessing's Emilia Galotti. Tragedy. (SUPER.) *New Edition.* With portrait. 90 pp. 30c.
—— Minna von Barnhelm. Comedy. (WHITNEY.) 138 pp. Cloth. 48c.
—— Nathan der Weise. Drama. *New Edition.* (BRANDT.) xx+225 pp. Cloth.
Meissner's Aus meiner Welt. With Illustrations and *Vocab.* (WENCKEBACH.) 127 pp. Cloth. 75c.
Melz' Heine's "Junge Leiden." Character-drama. *(In preparation.)*
Moser's Der Bibliothekar. Farce. (LANGE.) 161 pp. 40c.
—— Der Schimmel. Farce. Ed. in easy German. (STERN.) 55 pp. Paper. 25c.
Mügge's Riukan Voss. A Norwegian tale. 55 pp. Paper. 15c.
—— Signa, die Seterin. A Norwegian tale. 71 pp. Paper. 20c.
Müller's (E. R.) Elektrischen Maschinen. (SEIDENSTICKER.) Ill'd. 46 pp. Paper. 30c.

Prices net. Postage 8 per cent additional. Descriptive list free.

Henry Holt & Co.'s German Text-Books.

Müller's (Hugo) Im Wartesalon erster Klasse. Comedy. *See Benedix.* 30c.
Müller's (Max) Deutsche Liebe. With notes. 121 pp. 35c.
Nathusius' Tagebuch eines armen Fräuleins. 163 pp. 25c.
Nibelungen Lied. *See Vilmar, below, also Otis, under Readers.*
Nichols' Three German Tales: I. Goethe's Die neue Melusine. II. Zschokke's Der tote Gast. III. H. v. Kleist's Die Verlobung in St. Domingo. With Grammatical Appendix. 226 pp. 16mo. Cloth. 60c.
Paul's Er muss tanzen, Comedy. Ed. in easy German. (STERN.) 51 pp. Paper. 25c.
Princessin Ilse. (MERRICK.) A Legend of the Hartz Mountains. 45 pp. 20c.
Poems, Collections of. *See Klense, Knortz, Regents, Simonson, and Wenckebach.*
Pulitz's Badekuren. Comedy. With notes. 69 pp. Paper. 25c.
— Das Herz vergessen. Comedy. With notes. 79 pp. Paper. 25c.
— Was sich der Wald erzählt. 62 pp. Paper. 25c.
— Vergissmeinnicht. With notes. 44 pp. Paper. 20c.
Regents' Requirements (Univ. of State of N. Y.). 30 Famous German Poems (with music to 8) and 30 Famous French Poems. 92 pp. 20c.
Rienter's Walther und Hildegund. *See Vilmar.* 35c.
Riehl's Burg Neideck. An historical romance. (Palmer.) Portrait. 76 pp. 70c.
— Fluch der Schönheit. A grotesque romance of the Thirty Years' War. (KENDALL.) *Vocab.* 112 pp. 25c.
Roquette's Der gefrorene Kuss. (MACDONNELL.) *See Auerbach.* 35c.
Rosen's Ein Knopf. Comedy. Ed. in German. (STERN.) 41 pp. Paper. 25c.
Scheffel's Ekkehard. (CARRUTH.) The greatest German historical romance. Illustrated. 500 pp. Cloth. $1.25
— Trompeter von Säkkingen. (FROST.) The best long German lyrical poem of the century. Illustrated. 310 pp. Cloth. 80c.
Schiller's Jungfrau von Orleans, Tragedy. (NICHOLS.) *New Edition.* 203 pp. (Cloth, 60c.) Bds. 40c.
— Lied von der Glocke. Poem. (OTIS.) 70 pp. 35c.
Schiller's Maria Stuart. Tragedy. *New Edition.* (JOYNES.) With Portraits. 232 pp. Cloth. 60c.
— Neffe als Onkel. Comedy. (CLEMENT.) *Vocab.* 99 pp. Bds. 40c.
— Wallenstein Trilogy, complete. Tragedy in three plays: Wallenstein's Lager, Die Piccolomini, and Wallenstein's Tod. (CARRUTH.) Illustrations and map. 1 vol. 515 pp. Cloth. $1.00
— William Tell. Drama. (SACHTLEBEN.) 199 pp. Cloth. 48c.
— *The same.* (PALMER.) Portrait and *Vocab.* pp. Cloth. (*In preparation.*)
Schoenfeld's German Historical Prose. Nine selections from Lindner, Giesebrecht (2), Janssen, Ranke, Droysen (2), Treitschke, and Sybel, relating to crucial periods of German history, especially to the rise of the Hohenzollern and of the modern German Empire. With foot-notes on historical topics. 213 pp. Cloth. 80c.
Schrakamp's Erzählungen aus der deutschen Geschichte. Through the war of '70. With notes. 294 pp. Cloth. 90c.
— Berühmte Deutsche. Glossary. 207 pp. Cloth. 85c.
— Sagen und Mythen. Glossary. 161 pp. Cloth. 75c.
Science. *See Brandt, Cohn, Helmholtz, and E. R. Müller.*
Simonson's German Ballad Book. 304 pp. Cloth. $1.10
Storm's Immensee. *Vocab.* (BURNETT.) 109 pp. 25c.
Tieck's Die Elfen; Das Rothkäppchen. (SIMONSON.) 41 pp. 20c.
Vilmar's Die Nibelungen. With Richter's "Walther und Hildegund." The stories of two great German epics. 100 pp. 35c.
Wenckebach's Schönsten deutschen Lieder. 300 of the best German poems, many proverbs and 45 songs (with music). (Hf. mor., $2.00.) Cloth. $1.20

Prices net. Postage 8 per cent additional. Descriptive list free.

Henry Holt & Co.'s German Text-Books.

Wichert's An der Majorsecke. (HARRIS.) Comedy. 45 pp. 50c.
Wilhelmi's Einer muss heirathen. Comedy. *See Benedix.* 25c.
Zschokke's Neujahrsnacht and Der zerbrochene Krug. (FAUST.) 25c.
—— Toter Gast. (See Nichols' Three German Tales.) Cloth. 60c.

Prices net. Postage 8 per cent additional. Descriptive list free.

BOOKS TRANSLATED FROM THE GERMAN.

Prices retail. Carriage prepaid. See Catalogue of General Literature.

Auerbach's On the Heights. 2 vols. Cloth. $2.00
—— A different translation of the above. 1 vol. Paper. 30c.
—— The Villa on the Rhine. With Bayard Taylor's sketch of the author, and a portrait. 2 vols. Cloth. $2.00
Brink's English Literature (before Elizabeth). 3 vols. *Each* $2.00
—— Five Lectures on Shakespeare. $1.25
Falke's Greece and Rome, their Life and Art. 400 Ills. $10.00
Goethe's Poems and Ballads. $1.50
Heine's Book of Songs. 75c.
Karpeles' Heine's Life in his Own Words. With portrait. $1.75
Heyse's Children of the World. $1.25
Lessing's Nathan the Wise. Translated into English verse. With Kuno Fischer's essay. $1.50
Moscheles: On Recent Music and Musicians. $2.00
Spielhagen's Problematic Characters. Paper. 50c.
—— Through Night to Light. (Sequel to "Problematic Characters.") Paper. 50c.
—— The Hohensteins. Paper. 50c.
—— Hammer and Anvil. Paper. 50c.
Wagner's Art, Life, and Theories (from his writings). 2 Illustrations $2.00
—— Ring of the Nibelung. Described and partly translated. $1.50
Witt's Classic Mythology. *net* $1.00

A complete catalogue of Henry Holt & Co.'s educational publications, a list of their foreign-language publications, or an illustrated catalogue of their works in general literature will be sent on application.